Die drei ???®

Der Fluch des Rubins

Die drei ???®

Der Fluch des Rubins

Erzählt von Robert Arthur

KOSMOS bei CARLSEN

Außerdem in der Reihe Die drei ???® bei Carlsen lieferbar:

Die drei ??? – Codename Cobra
Die drei ??? – Das Geheimnis der Diva
Die drei ??? – Der namenlose Gegner
Die drei ??? – Die geheime Treppe
Die drei ??? – Die Höhle des Grauens
Die drei ??? – Die sieben Tore
Die drei ??? – Die Spur des Spielers
Die drei ??? – Doppelte Täuschung
Die drei ??? – Fußball-Teufel
Die drei ??? – Grusel auf Campbell Castle
Die drei ??? – GPS-Gangster
Die drei ??? – Im Schatten des Giganten
Die drei ??? – Im Zeichen der Schlangen
Die drei ??? – Nacht der Tiger
Die drei ??? – Pfad der Angst
Die drei ??? – Pistenteufel
Die drei ??? – Rufmord
Die drei ??? – Spuk im Netz
Die drei ??? und das Aztekenschwert
Die drei ??? und der Feuergeist/Nacht in Angst
Die drei ??? und der lachende Schatten
Die drei ??? und der Meister des Todes
Die drei ??? und der sprechende Totenkopf/und die brennende Stadt
Die drei ??? und der Tanzende Teufel
Die drei ??? und der verschollene Pilot
Die drei ??? und die Fußball-Falle
Die drei ???-Schuber (4 Bände)

MIX
Papier aus verantwortungsvollen Quellen
FSC® C083411
www.fsc.org

Veröffentlicht im Carlsen Verlag
September 2017
Mit freundlicher Genehmigung des Franckh-Kosmos Verlages
und der Universität von Michigan

Based on characters by Robert Arthur
Umschlagbild: Helge Vogt, trickwelt.com
Umschlaggestaltung: formlabor
Corporate Design Taschenbuch: bell étage
Gesetzt aus der Bembo von Dörlemann Satz, Lemförde
ISBN 978-3-551-31632-5

Die drei ???®

und der Fluch des Rubins

Gruß an meine Leser

Willkommen, junge Freunde! Ich freue mich, dass ihr mir und den drei Detektiven auch in diesem spannenden und rätselhaften Fall wieder Gesellschaft leisten wollt. Diesmal haben es die drei ??? mit einer geheimnisvollen Botschaft, einem seltsamen Vermächtnis, einem unheimlichen Herrn indischer Abkunft und mannigfaltigen anderen Elementen zu tun, auf die ich hier noch nicht näher eingehen möchte. Nur so viel: Wenn ihr Spaß am Geheimnis, am Kombinieren, an Spannung und Gefahr habt, dann seid ihr hier richtig. Alle, die uns schon von früher kennen, können jetzt umblättern und gleich zur Sache kommen. Neulingen sei erklärt, dass mein junges Freundestrio – Justus Jonas, Bob Andrews und Peter Shaw – sich »die drei ???« (sprich: die drei Detektive) nennt. Ihr Leitspruch heißt »Wir übernehmen jeden Fall«, und danach handeln sie auch! Sie haben bereits Fälle um ein Gespensterschloss und um eine flüsternde Mumie aufgeklärt, die – sagen wir es mit leichter Untertreibung – nicht gerade alltäglich waren. Justus Jonas kann sich beachtlicher Beobachtungs- und Kombinationsgabe rühmen. Peter Shaw ist der starke Mann des Trios. Bob Andrews neigt eher zur Fleißarbeit, seine Stärke ist das Recherchieren. Zu dritt sind sie ein hervorragendes Team.

Die Heimat der drei ist Rocky Beach in Kalifornien, nicht weit vom berühmten Hollywood. Ihr Hauptquartier befindet sich auf dem Gelände der Firma »Gebrauchtwarenzentrum T. Jonas«, die Justs Onkel und Tante, Titus und Mathilda Jonas, gehört. Genug der Einleitung. Start frei für unser neues Abenteuer!

Albert Hitfield

Ein Anruf für die drei ???

Auf dem Schrottplatz der Firma Jonas herrschte Hochbetrieb. Mrs Mathilda Jonas hielt ihren Neffen Justus und seine Freunde Bob und Peter ganz hübsch in Trab. Vor der schmucken kleinen Baracke, die sie sich als Büro eingerichtet hatte, saß sie auf einem Gartenstuhl aus Eisengeflecht und beobachtete mit Adleraugen die drei Jungen. Sie entluden gerade den großen Lastwagen. Titus Jonas hatte von seiner letzten Einkaufstour wieder alles Mögliche mitgebracht.

»Justus!«, rief Mrs Jonas. »Die Statuen auf dem Wagen! Bringt sie alle hierher und stellt sie auf den Tisch da – in einer Reihe. Das wird eine hübsche Ausstellung.«

Sie meinte eine Reihe Gipsköpfe berühmter Männer, die, sorgfältig auf Tücher gebettet, hinten im Lastwagen lagen. Der Fachmann hätte sie nicht als Statuen, sondern als Büsten bezeichnet: Nur Kopf und Schultern waren ungefähr in halber Lebensgröße modelliert. Es waren Plastiken von der Art, wie sie manchmal in Museen und Bibliotheken auf Konsolen stehen.

Justus, Bob und Peter erklommen den Lastwagen und sahen sich die Büsten kritisch an. Einem Jungen erschienen sie ja nicht gerade begehrenswert! Es waren insgesamt dreizehn Stück, und alle waren vom Staub vieler Jahre ein wenig angegraut. Jede Figur trug ihren Namen in den quadratischen Sockel eingemeißelt.

»Julius Cäsar, Octavian, Dante, Homer, Francis Bacon, Shakespeare.« Justus las ein paar Namen vor. »Anscheinend sind es lauter Berühmtheiten.«

»Augustus von Polen«, entzifferte Bob. »Von dem hab ich nie gehört.«

»Und da – Luther und Bismarck.« Peter wies auf zwei sehr ernst blickende Büsten.

»Und hier haben wir Königin Victoria«, meinte Justus. »Und Washington, Franklin und Lincoln.«

»Fangen wir mit Washington an.« Peter bückte sich, um George Washingtons Büste aufzuheben. »Uff!«, keuchte er. »Ist der schwer!«

»Pass gut auf, Peter!«, rief Mrs Jonas. »Die Figur ist sehr wertvoll – sie ist ein Kunstwerk. Dafür werde ich wohl fünf Dollar verlangen können!«

»Ich geh runter und nehm ihn dir ab«, sagte Justus. Peter kniete sich auf die Pritsche und ließ George Washington behutsam in Justs Arme gleiten. Justus umklammerte die Büste und machte damit ein paar Schritte rückwärts. Vorsichtig stellte er das Abbild von Amerikas erstem Präsidenten auf den Tisch. Dann wischte er sich über die Stirn. »Tante Mathilda«, meinte er, »ich glaube, wir sollten mit dem Abladen auf Patrick und Kenneth warten. Peter und ich lassen womöglich so einen Kopf fallen.«

»Ja, das sähe euch ähnlich«, stimmte Mrs Jonas zu. Sie hatte während des ganzen Manövers kein Auge von den beiden gelassen. »Und schon wären fünf Dollar hin! Gut, Justus, ihr seid entlassen. Meinetwegen könnt ihr jetzt eine Klubsitzung abhalten.« Vor längerer Zeit hatten Bob, Peter und Justus einen

»Klub der Knobelfreunde« gegründet, aus dem später das Unternehmen der drei Juniordetektive geworden war. Mrs Jonas hatte allerdings nie so ganz begriffen, dass die Jungen – obwohl sie an Rätselfragen und Preisausschreiben durchaus noch ihren Spaß hatten – sich in letzter Zeit hauptsächlich für richtige Geheimnisse interessierten, die sie lösen wollten.

Mrs Jonas wusste, dass Justus den Teil des Lagerhofs, der durch Stapel von Baumaterial fremden Blicken verborgen war, mit allerlei Gerätschaften – unter anderem einer Handabzugspresse – zu einer Werkstatt ausgebaut hatte. Aber sie wusste nicht, dass die Jungen gleich neben dieser Werkstatt auch das Zentralbüro ihrer Firma eingerichtet hatten. Diese Zentrale befand sich in einem alten Campinganhänger, den Mr Jonas mit einem Unfallschaden erworben hatte und dann nicht wieder losgeworden war. Er hatte ihn Justus für die Zusammenkünfte mit seinen Freunden überlassen. Während des vergangenen Jahres hatten die drei Jungen mithilfe von Patrick und Kenneth, den beiden muskelstarken Iren, die bei Titus Jonas arbeiteten, auch rings um diesen Anhänger allen möglichen Schrott aufgestapelt. Jetzt war er nach außen hin vollkommen abgeschirmt und konnte nur durch bestimmte Geheimeingänge betreten werden. In der Zentrale befand sich ein winziges Büro mit Schreibtisch, Telefon, Tonbandgerät, Aktenschrank und anderen notwendigen Dingen, und daran angrenzend ein ebenso enges Labor und ein Dunkelkämmerchen für Fotoarbeiten. Fast die ganze Einrichtung war in schrottreifem Zustand im Lager der Firma Jonas gelandet, und Justus und die anderen hatten dann alles wieder instand gesetzt.

Als die drei sich auf den Weg zur Zentrale machen wollten, bog gerade der kleinere Lastwagen in die Hofeinfahrt. Kenneth saß am Lenkrad, Titus Jonas auf dem Beifahrersitz. Das Größte an dem zierlichen Mann schien sein gewaltiger Schnurrbart zu sein. Patrick, Kenneths Bruder, fuhr hinten bei der Ladung mit. Der Wagen hielt, und Mr Jonas sprang ab. Die Jungen sahen, dass die Ladung aus einer Anzahl merkwürdiger schwarzer Gegenstände bestand – lauter Schneiderpuppen. Ihr Körper war ein Metallgestell mit schwarzer Tuchbespannung, dem Rumpf einer Frau nachgestaltet. Sie hatten keinen Kopf und statt der Füße einen Metallständer. Früher hatte es in jedem Haushalt so eine Puppe gegeben, an der die Frau des Hauses ihre selbst geschneiderten Kleider anprobierte. Heute aber fand man kaum mehr eine im Gebrauch.

Mrs Jonas sprang von ihrem Stuhl auf und griff sich an den Kopf. »Titus Jonas!«, rief sie entsetzt. »Bist du übergeschnappt? Wie um alles in der Welt willst du eine Ladung alter Schneiderpuppen verkaufen?«

»Wir finden schon Verwendung dafür«, sagte Titus Jonas in ungebrochener Zuversicht. Mr Jonas war im Trödlergewerbe eine recht ungewöhnliche Erscheinung – er kaufte auf, was ihn persönlich interessierte, und nicht etwa Dinge, die sich leicht wieder absetzen lassen würden. Trotzdem konnte er fast alles mit hübschem Gewinn weiterverkaufen.

»Justus, denk mal nach«, befahl Titus seinem Neffen. »Wozu könnte eine alte Schneiderpuppe gut sein?«

»Nun«, sagte Justus ohne Zögern, »für einen Bogenschützenverein wäre so ein Ding eine hervorragende Zielscheibe.«

»Hmm.« Titus Jonas erwog den Vorschlag. »Nicht übel, gar nicht übel. Überleg nur weiter. Ah – ihr habt ja schon angefangen, meine schöne Gipsfigurensammlung abzuladen. Ein Gelegenheitskauf von künstlerischem Wert, möchte ich sagen.«
»Erst konnte ich mir nicht vorstellen, warum du sie gekauft hast«, meinte Mathilda Jonas. »Aber jetzt weiß ich, wie man sie an den Mann bringen könnte – als Gartendekoration! Sie würden doch in jedem Garten sehr hübsch aussehen, wenn man sie auf Säulen zwischen Blumen und Sträucher stellt.«
»Ich wusste es doch: Mathilda wird mich nicht enttäuschen«, sagte Titus. »Das ist *die* Idee! Patrick, Kenneth – ihr ladet sie jetzt alle ab. Und passt auf, dass ihr nichts abstoßt!«
Er setzte sich in den Schatten, holte seine Pfeife aus der Tasche und zündete sie gemächlich an, während Patrick und Kenneth die Gipsbüsten nacheinander vom Wagen hoben.
»Ja, meine Köpfe«, sagte er. »Ich hab sie in einem alten Haus in den Bergen entdeckt. Großartige alte Villa in einer Schlucht. Der Besitzer war gestorben. Die Möbel und Teppiche waren leider schon verkauft, als ich hinkam. Es war nichts mehr da bis auf Krimskrams, den niemand haben wollte – die Büsten da, ein paar Bücher, eine Sonnenuhr, einige Gartenmöbel. Also kaufte ich das Zeug.« Er verstummte und paffte vor sich hin. Justus, Bob und Peter nutzten die Gelegenheit zu verschwinden. Gleich darauf waren sie hinten im Hof in ihrer Werkstatt-Ecke.
»Huii!« Peter pfiff durch die Zähne. »Ich dachte schon, deine Tante ließe uns den ganzen Tag lang arbeiten, Just.«

»Das hatte sie auch vor, bis sie fürchtete, wir könnten so einen Gipskopf fallen lassen«, antwortete Justus. »Für Tante Mathilda wäre es unerträglich, an einem Gelegenheitskauf Geld zu verlieren.«

»Und was machen wir jetzt?«, fragte Peter. »Wir haben keinen Fall zu lösen. Vielleicht könnten wir uns die Karten von den alten Geisterstädten in der Wüste vornehmen, die wir später einmal erforschen wollen.«

»Oder wir lösen das Preisausschreiben, bei dem man eine Reise nach Hawaii für zwei Personen gewinnen kann«, schlug Bob vor.

»Na ja –«, fing Justus an. In diesem Augenblick begann ein rotes Licht am Schaltbrett über der Handpresse zu blinken.

»Da!«, rief Bob aufgeregt. »Telefon!«

»Vielleicht hat jemand einen neuen Fall für uns«, sagte Justus hoffnungsvoll.

Peter hatte schon das Eisengitter zur Seite geschoben, das hinter der Presse gegen eine Kiste gelehnt war. Er kroch in die Kiste und ließ sich in Tunnel II hinab, eine lange Röhre aus Wellblech, die teils unterirdisch, teils durch Stapel von Altmaterial zu dem versteckten Campingwagen führte. Bob und Justus folgten. Am anderen Ende stieß Peter eine Falltür auf, und alle drei kletterten in das enge Büro der Zentrale.

Tatsächlich – das Telefon klingelte. Rasch nahm Just den Hörer ab.

»Hallo!«, sagte er. »Hier Justus Jonas.«

»Einen Augenblick bitte«, sagte eine junge Frauenstimme. Alle drei konnten sie über den Lautsprecher, den Justus installiert hatte, gut hören. »Ich verbinde mit Albert Hitfield.«

Albert Hitfield! Wenn Mr Hitfield anrief, so bedeutete das meist, dass er einen Fall für sie hatte.

»Hallo, Justus, junger Freund!« Mr Hitfields tiefe Stimme mit dem britischen Akzent füllte dröhnend den kleinen Raum. »Ich hoffe, ihr seid zurzeit nicht überlastet. Ich habe hier einen jungen Mann, der Hilfe braucht, und ich glaube, dafür wärt ihr drei genau die Richtigen.«

»Wir wollen es gern versuchen, Mr Hitfield«, sagte Justus. »Worum geht es denn Ihrem Freund?«

»Er hat eine Erbschaft gemacht«, sagte Mr Hitfield. »Unglücklicherweise hat er aber keine Ahnung, was das Erbe sein könnte und wo es zu finden ist. Wenn ihr morgen früh um zehn Uhr zu mir ins Büro kommen wollt, kann er euch alles Nähere selbst erzählen.«

Die drei ??? *Da hatte ich mir die Burschen also wieder aufgehalst … Durch den überraschend positiven Verlauf früherer Ermittlungen hatte ich jedoch diesmal schon so viel Zutrauen zu den Fähigkeiten der drei Nachwuchsdetektive gewonnen, dass ich ohne Zögern einen Fall, dessen Hauptbeteiligter aus Übersee bei uns zu Gast weilte, in ihre Hände legen konnte.*

Übrigens – wer nicht nur zur Unterhaltung mitlesen, sondern auch zur Übung fürs Köpfchen mitlösen möchte, dem will ich gern ab und zu durch einen Hinweis auf die Sprünge helfen. Nebenbei: Die Idee, Gipsbüsten als Freiluft-Plastiken zu verwenden, ist zwar originell, aber nicht ohne Risiko. Mathilda Jonas bewies bei ihrem Vorschlag ein ausgesprochen sonniges Gemüt und einen reizenden trockenen Humor. Wir werden sehen …

Ärger mit Mr Gelbert

»Phantastisch!«, rief Peter. »Mr Hitfield hat einen neuen Fall für uns!«

»Ein Junge, der etwas geerbt hat und nicht weiß, was das ist und wo es steckt ...«, wiederholte Bob mit gerunzelter Stirn.

»Ich finde, das hört sich reichlich verwickelt an.«

»Je vertrackter, umso besser«, sagte Justus.

»Für die Fahrt nach Hollywood brauchen wir aber einen Wagen«, warf Peter ein. »Zum Universum-Studio und zu Mr Hitfields Büro in dem alten Laster – na, ich danke.«

»Ich ruf ja gerade die Autovermietung an.« Justus wählte eine Telefonnummer. »Die sollen uns morgen früh den Rolls-Royce und Morton schicken.«

Justus hatte vor einiger Zeit in einem Wettbewerb den ersten Preis gewonnen: einen echten Rolls-Royce – und zwar ein Luxus-Veteranenmodell mit goldenen Beschlägen – samt Chauffeur zur freien Verfügung. Der Wagen hatte ihnen bei ihrer Detektivkarriere schon unschätzbare Dienste geleistet, in Südkalifornien sind die Entfernungen sehr groß, und ohne Auto käme man hier nicht weit. Natürlich konnten sich die drei hin und wieder den kleinen Lastwagen der Schrottfirma und dazu Patrick oder Kenneth als Fahrer ausborgen. Aber für einen Besuch bei Albert Hitfield, dem berühmten Regisseur, war ein Lastwagen doch wohl nicht würdig genug.

»Hallo«, sagte Justus in die Muschel. »Kann ich bitte den Geschäftsführer sprechen? … Guten Tag, Mr Gelbert. Hier ist Justus Jonas. Ich wollte Ihnen sagen, dass ich morgen früh um neun Uhr dreißig den Rolls-Royce und Morton brauche.«

Zu ihrer Überraschung hörten die Jungen den Mann am anderen Ende der Leitung sagen: »Ich bedaure, aber das wird sich nicht machen lassen. Die dreißig Tage Benutzungsdauer sind um.«

»Himmel!« Peter war ganz fassungslos. »Wir haben nicht aufgepasst! Die dreißig Tage sind verstrichen, ohne dass wir es merkten.«

Doch Justus sprach weiter ins Telefon. »Nach meinen Aufzeichnungen, Mr Gelbert«, sagte er, »ist von den dreißig Tagen noch einiges übrig.«

»Aber das stimmt doch gar nicht!«, flüsterte Peter heftig. »Die dreißig Tage sind vorbei. Er hat recht!«

Der Erste Detektiv winkte ab. Jetzt sprach wieder der Geschäftsführer der Autovermietung. »Ich fürchte, da liegt ein Irrtum vor«, sagte er unnachgiebig.

»Mr Gelbert«, erklärte Justus würdevoll, »ich glaube, wir beide gehen von verschiedenen Voraussetzungen aus, und das bedarf der Klärung. Ich werde in zwanzig Minuten in Ihrem Büro sein, dann können wir die Angelegenheit besprechen.«

»Hier gibt es nichts zu besprechen!« Die Stimme des Mannes klang jetzt verärgert. »Die Frist ist um. Schön, komm her – aber es wird dir nichts nützen.«

»Vielen Dank.« Just legte auf und wandte sich zu den anderen.

»Wir müssen unsere Fahrräder holen und in die Stadt fahren.«
»Aber er hat doch recht!«, protestierte Peter, als sie durch Tunnel II ins Freie krochen. »Dreißig Tage sind dreißig Tage.« »Nicht unbedingt«, widersprach Justus geheimnisvoll. »Überlasst mir das Reden.«
»Gut, rede du«, stimmte Bob zu. »Wir haben sowieso nichts vorzubringen. Ich finde, wir verschwenden nur unsere Zeit.«
Justus ließ sich nicht auf weitere Diskussionen ein. Sie radelten die Uferstraße entlang, die zum Zentrum von Rocky Beach führte. Links lag der Pazifik glitzernd und blau im Sonnenschein, die Wasserfläche von Booten betupft. Zu ihrer Rechten ragten die Berge von Santa Monica dunkel und zerklüftet empor. Die Autovermietung hatte ihr Büro in einem Eckhaus an der Hauptstraße. Die drei Detektive stellten ihre Räder vors Haus und gingen hinein – das heißt, Peter und Bob folgten Justus eher widerstrebend.
Man führte sie in das Zimmer des Geschäftsführers. Mr Gelbert, ein untersetzter Mann mit rotem Gesicht, zog unwillig die Brauen zusammen, als er die Jungen sah.
»Na!«, wandte er sich an Justus. »Du hast unseren Wettbewerb gewonnen, junger Mann, und du hattest den Wagen dreißig Tage lang zur Verfügung. Wie kommst du nun auf die Idee, das könnte so weitergehen? Kannst du nicht zählen?«
»Doch, Sir«, antwortete Justus höflich. »Ich habe mich bemüht, ganz genau zu zählen, Mr Gelbert.«
Er zog ein dünnes Notizbuch und einen Umschlag aus der

Tasche. Aus dem Umschlag nahm er ein zusammengefaltetes Blatt Papier. Es war einer der Reklamezettel, mit denen damals für den Wettbewerb geworben worden war. Der Text hieß:

Freie Fahrt im Rolls-Royce!
Wagen und Chauffeur gehören Ihnen
für dreißig volle 24-Stunden-Tage!
Große Preisfrage: Wie viele Bohnen sind im Topf?
Autovermietung Gelbert & Co.

»Na und?«, meinte Mr Gelbert nach einem kurzen Blick auf den Zettel. »Worauf willst du hinaus? Du hattest den Wagen dreißig Tage lang zur Verfügung – du konntest jeden Tag damit fahren, und ein Tag hat immer vierundzwanzig Stunden. Der Fall ist erledigt!«
»Bitte lesen Sie den Wortlaut Ihres Werbetextes nochmals genau, Sir«, sagte Justus. »Hier steht doch, dass der Gewinner den Wagen dreißig volle Vierundzwanzig-Stunden-Tage benutzen darf.«
»Aber ja! Er war ja dreißig Tage lang für dich da, und jeder Tag hat vierundzwanzig Stunden. Das ist allgemein bekannt.«
»Genau, Mr Gelbert«, sagte Justus Jonas. »Es ist allgemein bekannt, dass ein Tag vierundzwanzig Stunden hat – also braucht man es nicht extra zu erwähnen. Warum haben Sie nicht einfach geschrieben: ›Gewinnen Sie einen Rolls-Royce für dreißig Tage‹?«
»Na, hör mal – das heißt –« Mr Gelbert verhaspelte sich vor

Wut. »Ich wollte nur eben – na ja, dass es eindrucksvoller klingt, die Sache ein bisschen reißerisch aufziehen!«

»Verstehe ich vollkommen«, stimmte Justus zu, »aber ich kann Ihren Text nicht anders auffassen, als dass der Gewinner den Rolls-Royce so lange benutzen darf, bis er insgesamt dreißigmal vierundzwanzig Stunden damit gefahren ist. In anderen Worten: dreißig Tage, in denen der Wagen jeweils vierundzwanzig volle Stunden lang gefahren werden darf. Und nach meiner Rechnung …« – er öffnete sein Notizbuch und überprüfte die Eintragungen nochmals –, »nach meiner Rechnung haben wir den Wagen insgesamt siebenundsiebzig Stunden und fünfundvierzig Minuten lang benutzt – das macht drei Tage, fünf Stunden und fünfundvierzig Minuten. Also haben wir den Wagen noch rund weitere sechsundzwanzig Tage zur Verfügung. Sechsundzwanzig Tage zu je vierundzwanzig Stunden, wohlgemerkt.«

Peter und Bob trauten ihren Ohren nicht. Justus konnte unmöglich recht haben, doch seine Erklärungen von soeben hörten sich ungemein überzeugend an. Schließlich hatte es in den Wettbewerbsbedingungen wirklich geheißen: »dreißig volle 24-Stunden-Tage«. Und wenn ein voller Tag bedeutete, dass man vierundzwanzig Stunden lang mit dem Wagen unterwegs gewesen war – nun, dann hatte Justus tatsächlich recht.

Mr Gelbert schien vorübergehend die Sprache verloren zu haben. Er wurde krebsrot im Gesicht. »Das ist absurd!«, schrie er dann. »So etwas habe ich nie geschrieben. Zumindest habe ich es nicht so gemeint.«

»Darum ist es sehr wichtig, immer nur das zu sagen, was

man meint«, erwiderte Just. »Hier, in unserem Fall, sagten Sie eindeutig –«

»Gar nichts sagte ich!«, brüllte Mr Gelbert. »Und wenn ihr glaubt, ihr könnt meinen besten Wagen mit Fahrer gratis benutzen, so oft es euch passt, dann seid ihr verrückt. Was ich auf dem Reklamezettel geschrieben hatte, interessiert mich nicht. Ich meinte: dreißig Tage. Punktum! Eure Zeit ist also abgelaufen. Und damit basta!«

»Aber wir waren jetzt eine ganze Woche lang nicht hier, Mr Gelbert«, warf Bob ein. »Wir waren im Zeltlager. Da konnten wir ja den Wagen nicht benutzen. Könnten Sie nicht wenigstens diese eine Woche noch an die dreißig Tage anhängen?«

Automatisch wollte der Mann »Nein« schreien. Doch dann nickte er. »Also gut, ich will euch entgegenkommen. Wenn ihr mir versprecht, mich nicht mehr zu belästigen, könnt ihr den Wagen noch zwei Mal bekommen. Zwei Fahrten also, und dann ist endgültig Schluss!«

Justus seufzte. Er hasste es, wenn ihm ein Vorhaben missglückte, und hier hatte er fest damit gerechnet, der Wortlaut des Werbetextes werde ihm und seinen Freunden den Wagen noch für einige Zeit sichern. Was er Mr Gelbert erklärt hatte, war ja logisch einwandfrei gewesen. Wenn man sagte: ›dreißig volle Vierundzwanzig-Stunden-Tage‹, dann meinte man auch dreißigmal vierundzwanzig Stunden Autofahrt. Aber Erwachsene waren oft weder vernünftig noch logisch.

»Schön«, sagte er. »Noch zwei Fahrten mit dem Wagen. Die eine machen wir morgen früh um halb zehn. Besten Dank,

Mr Gelbert.« Er wandte sich zu seinen Freunden. »Kommt, wir gehen.«

Peter und Bob folgten ihm schweigend, und dann fuhren sie zum Schrottplatz zurück.

»Da haben wir's!«, sagte Peter niedergeschlagen. »Was machen wir bloß, wenn wir die zwei Fahrten verbraucht haben? Wenn wir dann noch irgendwelche Fälle aufklären sollen, können wir Südkalifornien nicht per Rad abklappern!«

»Wir müssen eben im Betrieb noch mehr mit anpacken«, schlug Justus vor, »dann überlässt uns Tante Mathilda schon mal den kleinen Lastwagen mit Patrick oder Kenneth.«

»Aber die haben doch meistens zu tun, oder der Wagen ist gerade unterwegs«, wandte Bob ein. »Da können wir mit unserem Detektivbüro gleich Bankrott anmelden, Just. Mach dir doch nichts vor.«

»Wir haben jetzt noch zwei Fahrten mit dem Wagen«, sagte Justus unbeirrt. »Irgendwas wird sich schon finden. Ich freue mich kolossal auf unseren Besuch bei Albert Hitfield. Ich hab das Gefühl, er hat für uns einen richtig feinen Fall auf Lager.«

Die geheimnisvolle Botschaft

»So, ihr drei«, dröhnte Albert Hitfields Bass, »ich möchte euch mit meinem jungen Freund aus England bekannt machen. Er heißt August. Er heißt sogar August August – nun ja, etwas ungewöhnlich. August, das hier sind Justus Jonas, Peter Shaw und Bob Andrews. Sie haben schon einige interessante Fälle aufgeklärt, und vielleicht können sie auch dir helfen.«

Die drei Detektive saßen im luxuriös ausgestatteten Büro des berühmten Regisseurs in Hollywood. Der Junge, der sich jetzt von einem Stuhl erhob, war groß und dünn – größer als Peter und viel magerer. Das sehr helle Haar trug er ziemlich lang, und eine Hornbrille saß in luftiger Höhe auf seinem schmalen, vorspringenden Nasenrücken.

»Ich freue mich wirklich, euch kennenzulernen.« August August kam zu den drei Jungen herüber und gab ihnen die Hand. »Bitte, nennt mich Gus.« Er setzte sich wieder.

»Ich hoffe wirklich, dass ihr mir helfen könnt. Ich bin nämlich in der Klemme. Mein Großonkel, Horatio August, ist kürzlich gestorben, und sein Anwalt schickte mir ein Schriftstück, aus dem ich einfach nicht klug werde.«

»Ich muss gestehen, mir geht es nicht besser«, fügte Albert Hitfield hinzu. »Aber Horatio August hat seinem Großneffen anscheinend zugetraut, die Nachricht zu enträtseln. Bitte, August, zeig den dreien die Botschaft.«

Gus zog eine Brieftasche hervor und entnahm ihr behutsam ein zusammengefaltetes Blatt teuren Papiers. Es war mit weit ausgreifenden, krakeligen Schriftzügen bedeckt.

»Da«, sagte er und reichte Justus das Blatt. »Versuch mal, ob du damit etwas anfangen kannst.«

Bob und Peter lasen über Justs Schultern mit. Da stand:

An August August, meinen Großneffen:
August bist Du genannt, August macht Dich bekannt,
und August ist der Hüter Deines Glücks.
Wie ein Berg türmt es sich vor Dir auf:
Lass Dich von Hindernissen nicht schrecken.
Wie ein Schatten liegt es über der Stunde
Deiner Geburt: ein Beginn und zugleich ein Ende.
Du musst tiefgründig forschen;
meine Worte sollen allein Dir Wegweiser sein.
Ich wage es nicht unverhüllt auszusprechen,
damit andere nicht entdecken,
was Dir zugedacht ist.
Es ist mein Eigen; ich erwarb es und besitze es,
doch seine böse Macht forderte ich nie heraus.
Nun sind fünfzig Jahre vergangen –
dieses halbe Jahrhundert sollte Läuterung
bewirkt haben. Es darf jedoch nicht geraubt
oder gestohlen werden. Es muss gekauft,
als Geschenk empfangen oder gefunden werden.
Geh deshalb mit Bedacht zu Werke –
aber nütze die Zeit.

Dies und meine ganze Zuneigung
sei mein Vermächtnis an Dich.
Horatio August

»Puh!«, machte Bob. »Das ist vielleicht ein Brief!«
»Mir kommt das alles spanisch vor«, meinte Peter. »Was heißt eigentlich Läuterung?«
»Das bedeutet, dass – dass etwas vom Übel oder von der Sünde gereinigt wird«, erklärte Bob.
Justus hielt das Blatt gegen das Licht, um eine etwa verborgene Geheimschrift zu entdecken.
»Eine natürliche Vermutung, Jonas junior«, bemerkte Albert Hitfield. »Es gibt hier auf diesem Papier allerdings weder Geheimschrift noch unsichtbare Tinte – nichts dergleichen. Ich habe es bereits im Atelier von Experten untersuchen lassen. Der Anwalt, der das Schriftstück an August sandte, bezeugt, dass er selbst zugegen war, als Mr August es wenige Tage vor seinem Tode schrieb. Danach übergab er es sofort dem Anwalt mit dem Auftrag, es zu gegebener Zeit dem Empfänger zuzustellen. Sollte es also eine verborgene Botschaft enthalten, so wäre die in den niedergeschriebenen Worten zu suchen. Nun, was hältst du davon?«
»Hm.« Justus wählte seine Worte sorgfältig. »In gewisser Hinsicht ist es ganz klar.«
»Ganz klar!«, wiederholte Peter spottend. »Was du nicht sagst! Mir erscheint es so klar wie Nebel überm Pazifik um Mitternacht!« Doch Justus hörte offensichtlich gar nicht hin. Er konzentrierte sich ganz auf das sonderbare Dokument.
»Zunächst ist es klar«, erklärte er, »dass Mr August seinem

Großneffen etwas mitteilen wollte, was niemand sonst verstehen sollte. Er hat irgendwo etwas versteckt, und es hört sich so an, als ob das vor fünfzig Jahren geschehen sei. Es ist etwas Wertvolles – wenn er also seinem Großneffen ohne Umschweife das Versteck beschrieben hätte, so könnte ein Dieb den Gegenstand entwenden. Das alles ist doch ganz klar.«

»Na ja, schön«, stimmte Peter zu, »aber der Rest ist so klar wie Kloßbrühe.«

»Möglicherweise«, fuhr Justus fort, »haben gewisse Worte eine besondere Bedeutung, und andere wurden nur gewählt, um die Sache zu verschleiern. Fangen wir vorne an: ›August bist Du genannt‹.«

»Das ist völlig richtig«, sagte der junge Engländer ernsthaft. »Und ich meine, man kann auch sagen, dass August mich bekannt macht. Dieser Name, August August, hat meinen Schulkameraden immerhin reichlich Anlass zum Hänseln gegeben. In der ganzen Schule war ich deshalb bekannt.«

»Aber was heißt ›August ist der Hüter Deines Glücks‹?«, warf Bob ein.

»Das ist etwas rätselhaft«, gab Justus zu. »Wenn er damit meinte, dass der August Gus Glück bringen werde, hätte er ja sagen können: ›Im August wirst Du Dein Glück finden‹.«

»Gut beobachtet«, lobte Mr Hitfield. »Nun, vielleicht liebte er poetische Umschreibungen.«

Der Erste Detektiv zuckte die Schultern. »Na ja, manches andere in der Botschaft klingt auch reichlich dichterisch. Ich glaube, wir können vorerst nicht erraten, was er mit der Formulierung ›August ist der Hüter Deines Glücks‹ meinte.«

»Ich habe im August Geburtstag«, erklärte Gus. »In zwei Tagen, am sechsten. Deshalb gab mir mein Vater den Vornamen August. Er sagte damals: ›Ein August im August kann nur August heißen.‹ Könnte mein Geburtstag etwas mit dieser Sache zu tun haben? Im nächsten Satz spricht er ja von meiner Geburt.«
Justus überlegte. »Ich weiß nicht«, sagte er schließlich. »Wenn es nur noch zwei Tage bis zu deinem Geburtstag sind, so ist das vielleicht der Grund, warum es weiter unten heißt: ›Nütze die Zeit‹.«
»Wenn wir bloß zwei Tage Zeit haben, um das Rätsel zu lösen, sieht es schlecht für uns aus«, meinte Peter. »Zwei Jahre wären eher angebracht.«
»Lass Just doch mal machen«, lenkte Bob ein. »Er hat ja eben erst angefangen.«
Der Erste Detektiv studierte bereits wieder das Schriftstück. »Hier, der zweite Satz«, sagte er. »Er heißt so: ›Wie ein Berg türmt es sich vor Dir auf: Lass Dich von Hindernissen nicht schrecken.‹ Und dann weiter: ›Wie ein Schatten liegt es über der Stunde Deiner Geburt: ein Beginn und zugleich ein Ende.‹ Das Erste bedeutet offenbar: ›Lass dich nicht entmutigen‹ – aber was mit den nächsten Worten gemeint ist, dahinter komme ich nicht.«
»Es gab tatsächlich einen Schatten über meiner Geburt«, sagte Gus. »Meine Mutter starb, als ich geboren wurde. Und deshalb war meine Geburt ein Beginn und ein Ende – der Beginn meines Lebens und das Ende für das Leben meiner Mutter. Es kann sein, dass sich Onkel Horatio darauf bezogen hat.«

»Vielleicht«, meinte Justus. »Aber ich sehe keinen Zusammenhang. Der nächste Satz ist dagegen wieder ziemlich eindeutig: ›Du musst tiefgründig forschen; meine Worte sollen nur Dir allein Wegweiser sein.‹ Das heißt, die Botschaft ist nur für dich bestimmt, und du sollst gründlich vorgehen, um sie zu entschlüsseln. Der nächste Satz gibt die Erklärung dafür: ›Ich wage es nicht unverhüllt auszusprechen, damit andere nicht entdecken, was Dir zugedacht ist.‹ Diese Worte sind ja nun wirklich klar.«
»Sehr richtig«, bestätigte Albert Hitfield. »Aber was liest du aus dem folgenden Satz: ›Es ist mein Eigen; ich erwarb es und besitze es, doch seine böse Macht forderte ich nie heraus‹?«
»Damit sagt er, dass dieser Gegenstand – oder was es immer sein mag – sein rechtmäßiges Eigentum ist und er es August übertragen kann«, erwiderte Justus. »Gleichzeitig deutet er aber an, dass er es aus einem bestimmten Grund fürchtet.« Er machte eine Pause.

Die drei ???

Ein Ding mit böser Macht – klingt das nicht nach bösem Blick, nach feurigem Bannstrahl? Was mag dieses Ding sein?
Es soll übrigens sehr zerstreute Leser geben, die bis auf Seite 29 eines spannenden Buches schon wieder den Titel vergessen haben und vorn nachsehen müssen.

Dann las er laut weiter: »›Nun sind fünfzig Jahre vergangen – dieses halbe Jahrhundert sollte Läuterung bewirkt haben. Es darf jedoch nicht geraubt oder gestohlen werden. Es muss

gekauft, als Geschenk empfangen oder gefunden werden.‹«
Er sah Peter und Bob an. »Bitte analysiert diesen Teil des Textes, geschätzte Mitarbeiter. Ihr beide müsst euch in solchen Aufgaben noch üben.«

»Ich verstehe es so, dass das bewusste Ding seit fünfzig Jahren in seinem Besitz ist«, sagte Peter. »Und er glaubt, dadurch hat sich eine Läuterung vollzogen – sodass es also keinem Menschen mehr Schaden zufügen kann.«

»Aber gefährlich muss es trotzdem noch sein«, ergänzte Bob.

»Sonst würde er nicht sagen: ›Es darf jedoch nicht geraubt oder gestohlen werden. Es muss gekauft, als Geschenk empfangen oder gefunden werden.‹ Und zum Schluss sagt er: ›Geh deshalb mit Bedacht zu Werke‹ – das wird wahrscheinlich heißen, dass man an das Ding mit Vorsicht rangehen soll. Und weiter: ›Aber nütze die Zeit‹ – also spielt offensichtlich die Zeit eine wichtige Rolle, und deshalb ist trotz der geforderten Sorgfalt auch Eile nötig.«

»Und der Schlusssatz ›Dies und meine ganze Zuneigung sei mein Vermächtnis an Dich‹ ist dann wieder klar verständlich«, schloss Justus. »Damit sind wir am Ende der geheimnisvollen Botschaft und wissen kaum mehr als zu Anfang.«

»Das kann man wohl sagen!«, rief Peter. »Ich meine, wir sollten etwas mehr über Horatio August wissen. Was war dein Großonkel für ein Mensch, Gus?«

»Das weiß ich nicht«, sagte der junge Engländer. »Ich habe ihn nie im Leben gesehen. Für unsere Familie war er immer von Geheimnissen umgeben. Lange bevor ich zur Welt kam, segelte er als Junge auf einem Handelsschiff in die Südsee.

Die Familie bekam noch ein paar Briefe von ihm, und dann blieb er verschollen. Wir nahmen an, er sei mit einem Schiff untergegangen. Es war dann für meinen Vater und für mich eine große Überraschung, als der Brief von dem Anwalt kam. Darin stand, dass Onkel Horatio hier in Hollywood gelebt habe und jetzt gestorben sei, und dass er verfügt habe, ich solle dieses Schriftstück erhalten.«

»Und auf diese Nachricht hin bist du sofort aus England hierhergekommen?«, fragte Justus.

»Sobald ich konnte, ja«, antwortete Gus. »Aber nicht sofort. Wir haben nicht viel Geld, Vater und ich, deshalb buchte ich die Überfahrt auf einem Frachter, der einige Wochen unterwegs war. Es ist inzwischen schon fast zwei Monate her, seit ich die Nachricht bekam.«

»Aber hier bist du sofort zu dem Anwalt gegangen, der dir den Brief geschickt hatte?«

Gus schüttelte den Kopf. »Ich rief ihn an, doch er war verreist, und deshalb konnte ich ihn nicht gleich aufsuchen. Heute bin ich nun mit ihm verabredet. Ich kannte niemanden in Amerika. Aber mein Vater kennt Mr Hitfield sehr gut, und so ging ich zu ihm. Der Vorschlag, euch zu benachrichtigen, kam natürlich auch von Mr Hitfield. Ihr drei seid außer Mr Hitfield bis jetzt die einzigen Menschen, mit denen ich darüber gesprochen habe.«

»In diesem Fall«, sagte Justus, »halte ich es für richtig, dass wir zusammen zu dem Anwalt gehen und uns von ihm so viel wie möglich über deinen Großonkel berichten lassen. Danach werden wir besser entscheiden können, was wir als Nächstes unternehmen sollen.«

»Ausgezeichnet, Justus Jonas«, lobte Albert Hitfield. »August, diesen Burschen kannst du vertrauen. Aber nun muss ich weiterarbeiten – und ihr müsst eure Ermittlungen fortführen.«

Draußen wartete der Rolls-Royce, ein altertümliches, majestätisch wirkendes Automobil mit kastenförmiger, glänzend schwarzer Karosserie. Sämtliche blanken Metallteile waren vergoldet. Morton, der Chauffeur englischer Herkunft, hochgewachsen und von untadeliger Haltung, hielt die Wagentür für die Jungen auf.

Gus zog einen zusammengefalteten Brief aus der Tasche, in dem der Name des Anwalts – H. Dwiggins – und seine Adresse in einem älteren Stadtteil vermerkt waren. Gleich darauf fuhren sie durch die Straßen von Hollywood. Gus stellte unaufhörlich Fragen über die Filmstadt, bis Morton nach ein paar Minuten den Rolls-Royce in eine enge Einfahrt manövrierte, die zu einem ziemlich kleinen, altmodischen Haus mit Stuckverzierungen führte.

»Hm«, murmelte Justus, als sie ausstiegen. »Mr Dwiggins hat seine Praxis anscheinend in seinem Privathaus.«

Auf einem schmalen Kärtchen über der Klingel stand:

›H. Dwiggins – Rechtsanwalt und Notar – Bitte läuten und eintreten‹.

Justus drückte auf den Klingelknopf, und aus dem Innern des Hauses hörten sie ein entferntes Klingeln. Dann öffnete Justus die Haustür.

Sie betraten einen Wohnraum, der als Büro eingerichtet war. Er enthielt einen großen Schreibtisch, viele Regale mit Fachliteratur und einige Aktenschränke.

Einer dieser Schränke stand offen, ein Aktenhefter war achtlos auf den Schreibtisch geworfen worden, und ein hölzerner Drehstuhl lag umgestürzt am Boden.
Nur Mr Dwiggins war nirgends zu sehen.
»Hier ist was passiert!«, sagte Justus bestürzt. »Da stimmt etwas nicht.« Laut rief er: »Mr Dwiggins! Mr Dwiggins! Sind Sie da?«
Sie warteten atemlos – alles blieb still. Dann hörten sie eine gedämpfte Stimme, ganz schwach und wie von weit her. »Hilfe!«, rief da jemand. »Zu Hilfe! Ich ersticke!«

Zu Hilfe!

»Hilfe!«, rief die merkwürdig gedämpfte Stimme noch einmal. »Ich bekomme keine Luft!«

»Dort!« Peter deutete auf einen Einbauschrank in der Wand gegenüber zwischen zwei Bücherregalen. Die Tür hatte außen eines jener Schlösser, die automatisch einrasten, wenn die Tür zufällt. Peter drehte den Knauf, zog daran, und die Tür ging auf. Ein kleiner Mann saß im Schrankinnern auf dem Boden und rang nach Luft. Seine goldgefasste Brille baumelte von einem Ohr, seine Krawatte war verrutscht und sein weißes Haar war zerzaust.

»Dem Himmel sei Dank, dass ihr gekommen seid«, keuchte er. »Bitte, helft mir auf.«

Bob und Peter krochen in das enge Kämmerchen, um dem Herrn beim Aufstehen behilflich zu sein, und Justus hob den umgestürzten Drehstuhl auf. Als er ihn wieder hinstellte, stutzte er sekundenlang. »Wirklich seltsam«, murmelte er vor sich hin.

Die Jungen geleiteten Mr Dwiggins zu seinem Stuhl. Er holte tief Atem. Mit zitternden Händen brachte er seine Krawatte in Ordnung und rückte die Brille zurecht. »Ihr seid gerade zur rechten Zeit gekommen«, sagte er. »Noch eine Weile da drin eingesperrt, und ich wäre womöglich erstickt.«

Jetzt erst sah er sich seine jugendlichen Retter genauer an. Er blinzelte. »Aber – wer seid ihr eigentlich?«

»Ich bin August August, Sir«, sagte der Gast aus England. »Sie haben mich gebeten, heute zu Ihnen zu kommen.«
»Ach ja …« Mr Dwiggins nickte. »Und das sind wohl deine Freunde?«
»Bitte, Sir, das hier erklärt vielleicht einiges.« Justus zog eine gedruckte Karte aus der Tasche und reichte sie dem Anwalt. Auf der Karte stand:

Die drei Detektive
Wir übernehmen jeden Fall

???

Erster Detektiv:
Justus Jonas
Zweiter Detektiv:
Peter Shaw
Recherchen und Archiv:
Bob Andrews

»Ihr seid Detektive?«, erkundigte sich Mr Dwiggins überrascht.
»Ja, sie helfen mir beim Entziffern dieser geheimnisvollen Botschaft von Onkel Horatio«, sagte Gus.
»Oh.« Mr Dwiggins blinzelte zum zweiten Mal. Dann warf er noch einen Blick auf die Karte. »Eine recht eindrucksvolle Visitenkarte, junger Mann. Aber darf ich erfahren, was die Fragezeichen bedeuten?«
Auf diese Frage hatten die drei gewartet. Sie folgte praktisch jedes Mal, wenn jemand die Karte betrachtete.
»Das Fragezeichen«, erläuterte Justus, »ist ein Symbol für alles Unbekannte, für unbeantwortete Fragen, unergründete Geheimnisse, ungelöste Rätsel. Und das ist unser Metier:

Wir beantworten diese Fragen, wir lösen die Rätsel und gehen allen Geheimnissen, die uns begegnen, auf den Grund. Deshalb ist das Fragezeichen auch das Symbol der drei Detektive.«

»Aha, ich verstehe«, murmelte der Anwalt. »Da habt ihr euch ja recht hohe Ziele gesteckt. Nun, mir sind junge Leute mit Selbstvertrauen nicht unsympathisch … Aber da rede ich – Himmel, da war doch dieser Kerl, der mich überfallen hat!«

Er sprang auf und sah sich um. Sein Blick fiel auf den offen stehenden Aktenschrank.

»Mein Geheimarchiv! Der Halunke hat meine Akten durchwühlt! Was hat er mitgenommen? Was soll das, der Hefter auf dem Tisch? Den hab ich doch nicht da hingelegt!«

Hastig nahm er die Akte vom Schreibtisch und blätterte die Schriftstücke durch. »Das ist die Akte über deinen Großonkel!«, rief er Gus zu. »Ich war zwanzig Jahre lang sein Rechtsberater und hatte alle schriftlichen Unterlagen hier drin gesammelt. Warum sollte jemand ausgerechnet Interesse daran … Der Brief! Er ist weg!«

Er starrte Gus an. »Der Bursche, der mich außer Gefecht setzte, hat meine Kopie mitgenommen – die Kopie dieser testamentarischen Mitteilung von Horatio August!«, rief er. »Ich verstand ja nicht, was er damit meinte, aber deinem Großonkel erschien die Sache offenbar sehr wichtig – also fertigte ich eine Kopie an für den Fall, dass das Original auf irgendeine Weise abhandenkommen sollte. Hier bei meinen Geheimakten hielt ich das Dokument natürlich für sicher. Und nun ist es gestohlen worden!«

»Bitte, erzählen Sie uns, was passiert ist, Sir«, bat Justus. »Dieser Vorfall ist vielleicht von besonderer Bedeutung.«
Der Anwalt verwahrte die Akte im Schrank und schloss das Schubfach ab. Dann setzte er sich wieder und berichtete. Mr Dwiggins hatte an seinem Schreibtisch gesessen und an einem Schriftsatz gearbeitet. Plötzlich wurde die Tür geöffnet. Als er aufblickte, sah er vor sich einen Mann mittlerer Größe mit schwarzem Schnurrbart und starken Brillengläsern. Mr Dwiggins wollte gerade etwas sagen – da ging der Eindringling auf ihn los und hielt ihm mit der Hand die Augen zu. Dabei schlug er ihm die Brille von der Nase, und ehe Mr Dwiggins sich irgendwie zur Wehr setzen konnte, hatte ihn der Angreifer schon von seinem Stuhl gezerrt, durch den Raum geschleppt und in den Wandschrank mit dem automatischen Schloss gesperrt. Zuerst hatte Mr Dwiggins gegen die verschlossene Tür gehämmert und laut um Hilfe geschrien. Da er aber allein im Haus wohnte, konnte ihn niemand hören – außer dem Mann, der ihn gefangen gesetzt hatte. Als ihm das klar wurde, ließ Mr Dwiggins das Rufen sein und lauschte. Nach ein paar Minuten hörte er, wie die Haustür geöffnet und geschlossen wurde, der Einbrecher war also gegangen. Wieder hämmerte Mr Dwiggins gegen die Schranktür und rief um Hilfe, bis ihm einfiel, dass er damit nur seinen kostbaren Sauerstoffvorrat vergeudete.
»Und dann setzte ich mich auf den Boden und wartete auf Hilfe«, schloss Mr Dwiggins. »Ich wusste, dass die Atemluft im Schrank nur ein paar Stunden lang vorhalten würde. Dass ihr in diesem Moment gekommen seid, war wirklich meine Rettung!«

»Wann geschah denn das alles?«, fragte Justus.
»Ich weiß nicht genau«, antwortete Mr Dwiggins. »Warte mal, jetzt ist es –« Er sah auf seine Armbanduhr. Die Zeiger waren auf neun Uhr siebzehn stehen geblieben – inzwischen war es mehr als eineinhalb Stunden später. »Meine Uhr!«, rief er. »Sie muss kaputtgegangen sein, als mich dieser Schurke in den Schrank sperrte!«
»Das heißt, dass der Kerl fast zwei Stunden Vorsprung hat«, stellte Justus fest. »Inzwischen kann er weit weg sein. Haben Sie etwas Besonderes an ihm bemerkt, Mr Dwiggins? Irgendeinen Anhaltspunkt?«
»Tut mir leid – nein. Ich war so überrascht, dass ich lediglich seinen Schnurrbart und die Brille sah – und die Augen, die ganz seltsam hinter den Brillengläsern funkelten.«
»Das hilft uns nicht viel«, meinte Peter.
»Nein, leider.« Justus überlegte. »Hat er hier im Haus sonst noch irgendwas in Unordnung gebracht, Mr Dwiggins?«
Der Anwalt sah sich in seinem Büro um. »Es scheint, dass er geradewegs zu diesem Aktenschrank hier ging«, sagte er. »Und sobald er das gefunden hatte, was er suchte, verschwand er wieder.«
»Hm«, murmelte Justus. »Das bedeutet, dass er genau wusste, was er wollte, und da Sie eine alphabetische Registratur haben, fand er sich natürlich leicht zurecht. Aber wie konnte er überhaupt etwas von dem Brief mit dem Vermächtnis wissen?«
Mr Dwiggins blinzelte. »Ja – das weiß ich auch nicht.«
»War noch jemand zugegen, als Mr August den Brief schrieb?«, wollte Justus wissen.

Mr Dwiggins nickte. »Ja. Das Ehepaar, das ihm den Haushalt führte. Ein alter Mann und seine Frau. Sie waren schon jahrelang bei ihm. Die Frau machte die Hausarbeit, und er kümmerte sich um den Rasen und den Garten. Jackson hießen sie. Als Mr August starb, zogen sie nach San Francisco, aber vorher waren sie natürlich überall ein und aus gegangen. Einer der beiden hätte leicht hören können, wie Mr August mir damals erklärte, dass die Nachricht außerordentlich wichtig sei und dass ich sie nach seinem Tod unverzüglich an seinen Großneffen weiterleiten müsse.«

»Und sie könnten das auch an Dritte weitererzählt haben«, gab Peter zu bedenken. »Dieser Dritte hat sich vielleicht gesagt, dass Mr Dwiggins sicher eine Kopie des Briefes besitze, und so kam er her, um sich zu überzeugen.«

»Viele vermuteten, dass Mr August irgendwo einen Haufen Geld versteckt halte«, sagte der Anwalt. »Jeder, der etwas von einer geheimen Botschaft hörte, würde annehmen, dass sie den Weg zu dem Vermögen weise. Aber in Wirklichkeit starb Mr August, ohne irgendwelche Reichtümer zu hinterlassen. Auf sein Haus hatte er eine Hypothek aufgenommen, und der Geldgeber übernahm jetzt den Besitz. Die Einrichtung musste ich verkaufen lassen, um die letzten unbezahlten Rechnungen begleichen zu können.«

»Aber aus dem Brief geht hervor, dass er für mich etwas Wertvolles versteckt hat«, sagte Gus. »Etwas, was er aus einem bestimmten Grunde fürchtete.«

»Ja, das ist richtig.« Mr Dwiggins nahm die Brille ab und putzte sie. »Was es auch sein mag – vor mir hat er es geheim gehalten. Ein paarmal sagte er mir: ›Henry, es gibt da Dinge über mich, die du besser nicht weißt. Einmal meinen wahren Namen – denn der ist nicht Harry Weston. Und noch etwas – aber lassen wir das. Merke dir nur das eine: Wenn du je in dieser Gegend einem dunkelhäutigen Mann mit drei tätowierten Punkten auf der Stirn begegnest, dann sieh dich vor – es könnte gefährlich werden.‹ – Ja, er war ein sehr sonderbarer Mensch, dieser Mr Weston – das heißt, Mr August. Sonderbar, aber sympathisch. Selbstverständlich habe ich niemals versucht, hinter sein Geheimnis zu kommen, was es auch sein mochte.«

»Verzeihen Sie, Sir –«, platzte Justus heraus. »Habe ich Sie richtig verstanden, dass Mr August allgemein als Mr Weston bekannt war?«

»Ja, ganz recht. Solange er in Hollywood lebte, nannte er sich Harry Weston. Erst kurz vor seinem Tod, als er mir den Namen und die Adresse seines Großneffen nannte, erfuhr ich, wie er wirklich hieß.«

Justs Blicke wanderten zu dem Aktenschrank und dem Schubfach, das sie beim Eintreten offen vorgefunden hatten. Es war an der Vorderseite mit »A – C« beschriftet.

»Entschuldigen Sie, Mr Dwiggins«, sagte er, »aber mir fällt auf, dass Sie die Akte unter ›A‹ ablegen – A wie August, das ist klar. Wahrscheinlich haben Sie die Akte, nachdem Sie den wahren Namen erfahren hatten, nicht mehr unter Weston, sondern unter August weitergeführt?«

»Ja, natürlich. In solchen Dingen bin ich sehr korrekt.«

»Aber der Mann, der Sie überfallen hat, wusste offenbar sehr gut, wo er suchen musste«, fuhr Justus beharrlich fort. »Warum sah er nicht im Fach ›W‹ unter Weston nach?«

»Hm – das weiß ich nicht.« Mr Dwiggins überlegte. »Es sei denn, die Jacksons hätten gehört, wie er mir seinen wahren Namen sagte … Ach ja, natürlich: Ich muss euch etwas zeigen.«

Er ging zum Fach »A« und holte einen Zeitungsausschnitt heraus. »Das hier brachte die Zeitung in Los Angeles«, sagte der Rechtsanwalt. »Ein Reporter bekam Wind davon, dass es um Mr Weston irgendein Geheimnis geben musste. Er kam und fragte mich aus, und da Mr August tot war, fand ich nichts dabei, dem Reporter seinen wirklichen Namen zu nennen und ihm das wenige, was ich sonst noch wusste, zu erzählen. Und hier steht nun alles drin – jedermann könnte es gelesen haben.«

Die vier Jungen sahen sich den Zeitungsausschnitt an. Die Überschrift lautete: »Geheimnisumwitterte Persönlichkeit in abgelegener Villa am Mittags-Canyon verstorben«.

Justus überflog den Artikel. Er erfuhr daraus, dass Mr Horatio August unter dem Namen Harry Weston vor etwa zwanzig Jahren nach Hollywood gekommen war, nachdem er lange Zeit in Westindien gelebt hatte. Er war damals offensichtlich recht wohlhabend gewesen, sein Vermögen hatte er in jungen Jahren mit Handelsgeschäften in der Südsee und im Orient erworben.

Er hatte am Mittags-Canyon, in den Bergen nördlich von Hollywood, ein großes Haus gekauft und dort ganz zurückgezogen gelebt. Nur zwei Hausangestellte betreuten ihn. Er hatte keinerlei geselligen Umgang und begnügte sich damit, seine Sammlung von alten Uhren und Büchern – insbesondere alte lateinische Exemplare – zu ergänzen. Auch die

Werke von Sir Arthur Conan Doyle hatte er in allen Ausgaben gesammelt, deren er habhaft werden konnte. Als Junge hatte er einst in England den berühmten Autor kennengelernt, und er war ein begeisterter Verehrer des von Doyle erdichteten Detektivs Sherlock Holmes.
Er hatte unter seinem angenommenen Namen ein ruhiges Leben geführt, bis er nach kurzer Krankheit starb. Ins Krankenhaus zu gehen, lehnte er ab; er sagte, er habe sich vorgenommen, friedlich im eigenen Bett zu sterben, und das wolle er nun tun.
Er war ein hochgewachsener Mann mit buschigem weißem Haar gewesen. Fotografieren ließ er sich nie. Die einzigen Verwandten, von denen seine Umgebung wusste, lebten in England. Nach seinem Tode entdeckte der Arzt, der den Totenschein ausstellte, an seinem Körper viele alte Narben von Messerstichen – offenbar Spuren von Jugendabenteuern, über die er Stillschweigen bewahrt hatte. Und sonst war über seine mysteriöse Vergangenheit nichts zu erfahren.
»Phantastisch!« Peter holte tief Luft. »Das war wirklich eine – eine geheimnisumwitterte Persönlichkeit!«
»Messerstiche!«, sagte Gus. »Er muss ein recht abenteuerliches Leben geführt haben. Ob er wohl mal Schmuggler war?«
»Er musste sich vor jemandem verbergen«, fiel Bob ein. »Das ist ganz klar. Erst tauchte er in Westindien unter, dann bekam er anscheinend Angst, man könne ihn dort aufspüren, und so kam er hierher und verkroch sich im Mittags-Canyon. Wahrscheinlich sagte er sich, dass er in der Nachbarschaft von Hollywood und Los Angeles, wo es sowieso eine Menge komischer Leute gibt, nicht auffallen würde.«

»Immerhin«, ergänzte Justus, »starb er friedlich in seinem Bett. Aber wenn er sich das extra vorgenommen hatte, so deutet es doch darauf hin, dass er sich vor einem gewalttätigen Feind fürchtete – vielleicht vor einem Mann mit dunkler Haut und drei tätowierten Punkten auf der Stirn.«

»Halt mal!«, rief Gus. »Gerade fällt mir etwas ein – es geschah vor vielleicht zehn Jahren, als ich noch ganz klein war ...« Mit zusammengezogenen Brauen versuchte er sich zu erinnern. »An einem Abend nach dem Zubettgehen hörte ich unten im Haus Stimmen – mein Vater sprach mit einem Mann. Plötzlich wurde Vater laut. Er sagte: ›Ich erkläre es Ihnen doch, ich weiß nicht, wo mein Onkel ist! Soviel uns bekannt ist, lebt er schon lange nicht mehr. Und wenn er noch am Leben ist, könnte ich Ihnen nicht sagen, wo er sich aufhält – nicht einmal für eine Million Pfund.‹ Ich war hellwach geworden. Ich stieg aus dem Bett und ging zum Treppenhaus. Unten in der Diele stand mein Vater mit einem fremden Mann. Der Fremde sagte etwas, was ich nicht hören konnte, und mein Vater antwortete: ›Mir ist es gleichgültig, wie viel es Ihnen bedeutet. Von einem Feurigen Auge habe ich nie etwas gehört. Und von meinem Onkel weiß ich auch nichts. Gehen Sie jetzt und lassen Sie mich zufrieden!‹ Als Vater das gesagt hatte, verbeugte sich der große Mann und wandte sich um. Dabei schaute er auf und sah mich, aber er tat, als sei ich nicht da. Er nahm seinen Hut, machte noch eine Verbeugung und ging hinaus. Vater sprach nie über diesen Besuch, und ich fragte nicht danach, weil ich wusste, dass er böse werden würde – schließlich hatte ich gehorcht, während ich im Bett liegen sollte. Aber«, Gus dämpfte seine

Stimme, »aber der Mann, der mit Vater sprach, war dunkelhäutig und hatte drei dunkle Punkte auf der Stirn. Damals konnte ich mir nicht vorstellen, was sie sein könnten. Jetzt ist mir klar, dass es kleine punktförmige Tätowierungen gewesen sein müssen.«

»Mann!«, sagte Bob. »Dreipunkt hat versucht, über deinen Vater herauszubekommen, wo dein Großonkel lebte!«

»Vermutlich hat deshalb Onkel Horatio nie mit uns Verbindung aufgenommen«, meinte Gus. »Er wollte nicht, dass man ihn aufspürte.«

»Das Feurige Auge …«, murmelte Justus. »Mr Dwiggins, hat Mr August diese Bezeichnung jemals Ihnen gegenüber erwähnt?«

»Nein, mein Junge. Ich kannte ihn zwanzig Jahre lang, aber von so etwas hat er nie gesprochen. Alles, was ich über ihn weiß, steht in diesem Zeitungsartikel. Heute bedaure ich, dass ich dem Reporter das alles erzählte, aber damals fand ich nichts Schlimmes dabei. Eines muss ich noch sagen – in letzter Zeit wurde Mr August sehr zurückhaltend. Als ob er sich von Feinden umgeben fühlte und sich beobachtet wüsste. Auch mir traute er nicht mehr. Deshalb könnte er ohne Weiteres etwas versteckt haben, um es dem Zugriff dieser vermeintlichen Feinde zu entziehen. Und dann schickte er seinem Großneffen die Botschaft in der Hoffnung, er werde das Versteck aufspüren.«

»Ich verstehe«, sagte Justus. »Nun, wir sind hergekommen, um etwas über Mr August zu erfahren, und ich meine, der Zeitungsartikel hat uns so ausführlich wie möglich informiert. Ich finde, wir sollten uns nun als Nächstes das Haus am Mittags-Canyon ansehen und versuchen, dort einiges herauszubekommen.«

»Da steht jetzt nur noch das leere Haus«, erklärte Mr Dwiggins. »Als Testamentsvollstrecker habe ich alle Bücher und Möbel verkauft, um Mr Augusts Schulden zu bezahlen. In drei oder vier Tagen wird der Inhaber der Hypothek das Haus abreißen lassen und auf dem Grundstück eine moderne Wohnsiedlung bauen. Wenn ihr euch das leere Haus anschauen wollt, habe ich nichts dagegen. Ich kann euch eine Genehmigung und einen Schlüssel geben. Aber ich wüsste nicht, was ihr noch finden könntet. Es ist ja alles ausgeräumt. Ein paar Bücher waren noch da, bis gestern wenigstens. Und natürlich die Statuen – oder besser Büsten. Gipsköpfe von berühmten Männern. Aber die waren nichts wert, und ich habe sie für ein paar Dollar an einen Trödler verkauft –«

»Büsten!« Justus fuhr auf wie von einer Wespe gestochen. Gipsbüsten aus einem alten Haus! Das mussten die Köpfe sein, die Titus Jonas am Tag zuvor zum Schrottplatz gebracht hatte: Cäsar, Washington, Lincoln und all die andern.

»Mr Dwiggins«, sagte Justus unvermittelt, »wir müssen jetzt gehen. Wir danken Ihnen vielmals. Ich glaube, ich weiß jetzt, was die geheime Botschaft bedeutet. Aber wir müssen uns beeilen.« Er wandte sich um und ging rasch hinaus. Bob, Peter und Gus folgten ihm verdutzt. Draußen wartete der Rolls-Royce, und Morton polierte mit liebevoller Hingabe den schwarzen Lack.

»Morton«, sagte Justus, als sie alle eingestiegen waren, »wir fahren zurück! Wir müssen uns beeilen!«

»Sehr wohl, die Herrschaften«, erwiderte der Chauffeur. Er fuhr rückwärts aus der Einfahrt und raste dann mit der höchstzulässigen Geschwindigkeit in Richtung Rocky Beach.

Die drei ??? *Mir scheint, in Justs Kopf hat eine Erleuchtung stattgefunden. Ihr könnt Bob, Peter und Gus jetzt noch zuvorkommen und diese aufregende Denkerfahrung nachvollziehen, wenn ihr das Buch rasch zuklappt und überlegt, ob es in einem Gipskopf ewig dunkel sein muss.*

»Mensch, Just, wo brennt's denn?«, fragte Peter. »Du machst ja der Feuerwehr Konkurrenz!«
»Es geht nicht um ein Feuer«, sagte Justus geheimnisvoll. »Aber um ein Feuriges Auge.«
»Das begreife ich nicht.« Peter runzelte die Stirn. Doch Bob hatte offenbar verstanden. »Just!«, rief er. »Du bist hinter die Geheimbotschaft gekommen! Stimmt's?«
Justus nickte, versuchte aber, sich seine Befriedigung nicht anmerken zu lassen.
Gus starrte ihn mit aufgerissenen Augen an. »Wirklich?«, fragte er.
»Ich glaube, ich hab's«, antwortete Justus. »Die Lösung liegt in der Vorliebe deines Großonkels für die Geschichten über Sherlock Holmes und in den Gipsbüsten, von denen Mr Dwiggins eben gesprochen hat.«
»Da komm ich nicht mit«, stöhnte Peter. »Sherlock Holmes – Gipsbüsten – hat das denn etwas mit dem Brief zu tun?«
»Das werde ich euch noch genauer erklären«, sagte Justus.

»Fürs Erste will ich euch daran erinnern, dass es in einem Satz des Briefes an Gus heißt: ›August ist der Hüter Deines Glücks.‹« »Na und?« Peter sah verständnislos drein, Gus ebenso. Nur Bob folgte Justs Gedankengang.
»Diese Gipsköpfe von berühmten Leuten«, sagte er. »Washington, Lincoln und so weiter. Und einer war ja der Kopf eines August – Augustus von Polen.«
»›August ist der Hüter Deines Glücks!‹«, sagte Gus aufgeregt.
»August! Du meinst, in der Büste von Augustus ist etwas versteckt?«
»Ich bin ganz sicher«, erwiderte Justus. »Es passt alles genau zusammen. Mr August las zur Entspannung gern Sherlock-Holmes-Geschichten. Und da gibt es eine, die heißt ›Die sechs Napoleonbüsten‹. Es geht darin um ein Kleinod, das in einer Napoleon-Büste versteckt ist. Das muss Mr August auf die Idee gebracht haben, dieses Feurige Auge an einem Ort zu verbergen, wo niemand es vermuten würde: in einer gewöhnlichen Gipsbüste. Er verfiel auf Augustus, weil er dachte, Gus oder sein Vater würden den Zusammenhang erraten – August ist ja auch ihr Name. Gleich werden wir es wissen! Natürlich müssen wir Tante Mathilda fünf Dollar für die Büste bezahlen, damit wir sie zerschlagen können. Aber zum Glück schuldet sie uns noch etwas – wir haben ja den Rasenmäher und die Waschmaschine repariert, die Onkel Titus vorige Woche gekauft hat.«
Unter den drei anderen entbrannte eine aufgeregte Diskussion, die andauerte, bis Morton in die Einfahrt zum Schrottplatz der Firma Jonas bog. Der Wagen hatte kaum gehalten,

als alle vier auch schon draußen waren und aufs Büro losstürmten.

Ein paar Schritte vor dem Häuschen blieb Justus so plötzlich stehen, dass die anderen schwungvoll auf ihn prallten und alle vier in einem Knäuel von Armen und Beinen zu Boden stürzten. Dann sahen sie, weshalb Justus stehen geblieben war.

Auf dem Tisch, wo am frühen Morgen noch dreizehn Gipsfiguren gestanden hatten, waren jetzt nur noch fünf: Washington, Franklin, Lincoln, Francis Bacon und Theodore Roosevelt.

Die Büste des Augustus von Polen war fort.

Dreipunkt taucht auf

Langsam rappelten sich die Jungen hoch. Sie starrten die fünf Büsten an. Über dem Tisch war ein handgemaltes Schild an die Wand des Bürohäuschens genagelt: »Aparter Gartenschmuck – nur 5 Dollar das Stück!«

Vor Enttäuschung blieben die Jungen eine Zeit lang stumm. Schließlich schluckte Justus und rief seine Tante, die drinnen im Büro saß. »Tante Mathilda! Wo sind die übrigen Köpfe?«

»Wo sollen sie schon sein?« Mrs Jonas kam heraus. »Ich habe sie verkauft! Heute ist Samstag, und jeden Samstagmorgen kommen die Leute in Scharen und sehen sich hier um, ob es nicht etwas Ungewöhnliches zu kaufen gibt. Das weißt du doch, Justus.« Just nickte bedächtig. Die Firma Jonas war weithin bekannt als Fundort für alles Mögliche und Unmögliche, und die Käufer kamen von überall her.

»Na ja«, fuhr Mathilda Jonas fort, »ich habe mir gedacht, dass die wenigsten Leute solche alten Gipsfiguren in ihren modernen Häusern haben wollen. Aber auf einem Podest im Garten wären sie bestimmt etwas Besonderes. Und die Idee war goldrichtig! Ich hab acht Stück zu fünf Dollar verkauft. Damit haben wir schon jetzt mehr in der Kasse, als Titus dafür bezahlt hat.«

»Du hast wohl nicht –« Justs Stimme klang nicht sehr hoffnungsvoll. »Du hast wohl nicht die Namen und Adressen der Käufer aufgeschrieben?«

»Die Namen? Du lieber Himmel, wie käme ich dazu? Die Leute kauften ihren Kopf und fuhren damit wieder ab.«

»Kannst du uns denn nicht irgendetwas über diese Leute sagen? Besonders über die, die Augustus von Polen kauften?«

»Na, hör mal – was in aller Welt interessiert dich denn jetzt auf einmal an diesen alten Statuen?«, wollte Mrs Jonas wissen. »Zwei davon kaufte ein Mann mit einem schwarzen Kombiwagen. Ich glaube, er wohnt im Norden von Hollywood. Zwei andere nahm eine Dame in einem roten Auto mit. Sie sagte, sie sei aus Malibu. An den vier anderen ist mir eigentlich nichts aufgefallen. Ich hatte schließlich viel zu tun!«

»Ja, klar. Also dann –« Justus seufzte. »Das wär's wohl. Kommt mit, Freunde, es ist Zeit für eine Besprechung.«

Er ging voran zu seiner Werkstatt. Gus machte große Augen, als Justus das Eisengitter zur Seite schob, das den Einstieg zu Tunnel II verbarg, und sie durch die große Wellblechröhre zur Zentrale führte.

Gus bekam alles vorgeführt: das winzige Labor, das Dunkelkämmerchen, das »Spion« genannte Periskop, das Justus gebaut hatte, damit sie über die rings um den Wagen gestapelten Wälle von Schrott und Trödelkram hinwegsehen konnten, und die übrige Sonderausrüstung. Dann ließen sie sich in dem Miniatur-Büro nieder.

»Na?«, meinte Peter. »Und was jetzt? Falls König Augustus für Gus das Glück hütet, was immer das sein mag – er ist weg. Er steht in irgendeinem Garten, und wenn wir ihn je wiederfinden wollen, müssen wir diesen Garten finden. Da es in dieser Gegend vielleicht hunderttausend Gärten gibt, könnten wir den richtigen schätzungsweise als Neunzigjährige finden.«

»Wir haben es wenigstens versucht.« Gus bemühte sich, seine Enttäuschung zu verbergen. »Als Mr Jonas die Büsten kaufte, konntet ihr ja nicht wissen, dass sie eine besondere Bedeutung haben. Doch ich fürchte, wir haben Augustus endgültig verloren. Das war es wohl, was Onkel Horatio meinte, als er schrieb, ich solle die Zeit nützen. Er befürchtete, mit den Köpfen könnte etwas geschehen, wenn ich mich nicht beeilte – und schon ist es passiert.«

»Möglicherweise finden wir die Köpfe wirklich nicht mehr«, sagte Justus schließlich. »Aber ich habe nicht vor, mich jetzt schon geschlagen zu geben. Wir sind Detektive. Wir müssen einfach mit unseren Ermittlungen fortfahren.«

»Und wie?«, wollte Bob wissen.

»Das weiß ich noch nicht«, gab Justus zu. »Ich bin noch am Überlegen.«

»Ich hab's!«, rief Bob plötzlich. »Wir versuchen es mit der Telefonlawine!«

»Telefonlawine?« Gus blinzelte verwirrt. »Arbeitet ihr denn mit der Telefongesellschaft zusammen?«

»Nicht direkt.« Bob grinste. »Überleg mal: Wer achtet in einem Wohnviertel am meisten auf alles, was sich so tut? Zum Beispiel, wenn ein Fremder irgendwo aufkreuzt, wenn eine Familie ein neues Auto hat und so weiter – alles, was nicht gerade alltäglich ist?«

»Ja –« Gus überlegte kurz. »Ich komm nicht drauf.«

»Die Kinder natürlich«, erklärte Peter. »Kinder sind überall und fallen nicht weiter auf – aber sie bekommen alles mit, was vor sich geht. Wenn jemand eine neue Katze oder einen neuen Hund hat, wenn jemand verunglückt oder sonst etwas passiert: Die Kinder in der Nachbarschaft sind darüber bestimmt bestens informiert.«

»Die Sache hat nur einen Haken«, fuhr Bob fort. »Wie kommt man mit möglichst vielen Jungen und Mädchen in der ganzen Stadt in Kontakt und erfährt von ihnen, was sie wissen? Hilfsbereit sind sie ja alle. Und Kinder sind von Natur aus an allem interessiert, was nach Geheimnis riecht.«

»Aber wie könnt ihr mit so vielen Jungen und Mädchen in Kontakt kommen, dass es auch etwas nützt?«, fragte Gus. »Da müsstet ihr schon in jedem Stadtteil einen Verbindungsmann haben.«

»Eben dafür gibt es ja die Telefonlawine«, sagte Peter. »Es war Justs Idee – einfach *die* Sache. Jeder von uns hat nämlich Freunde, die sich untereinander nicht kennen. Und die haben wieder andere Freunde, und so fort. Wenn wir etwas herausbekommen wollen, ruft jeder fünf Freunde an und sagt ihnen, was wir erfahren möchten. In diesem Fall werden wir sie bitten, uns zurückzurufen, wenn sie hören, dass jemand für seinen Garten eine Gipsbüste gekauft hat. Wenn sie uns aber nicht helfen können, muss jeder von ihnen wieder fünf Freunde anrufen und unseren Auftrag weitergeben. Und jeder von denen ruft wieder fünf Freunde an, und jeder von diesen fünf macht es ebenso – und so breitet sich die Sache wie eine Lawine über die ganze Stadt aus. Ehe noch eine Stunde vergangen ist, halten in der ganzen Umgebung die Jungen und Mädchen nach Gipsbüsten in den Gärten Ausschau. Und sie müssen sie nicht mal sehen – es genügt, wenn sie von ihren Eltern hören, dass ein Bekannter so ein Ding gekauft hat. Auf diese Weise haben wir bei unserer Suche tausende von Assistenten.«

»Enorm!«, rief Gus. »Wenn jeder von euch fünf Freunde anruft, macht das fünfzehn, und wenn jeder von denen wieder fünf anruft, sind es schon fünfundsiebzig, dann gibt es dreihundertundetwas und dann schon weit über tausend.« Er pfiff durch die Zähne. »Phantastisch! Telefonierst du jetzt gleich, Justus?« »Es ist Samstagnachmittag«, sagte Justus. »Da sind die meisten Kinder noch draußen. Die richtige Zeit fürs Anrufen ist nach dem Abendessen. Aber das bedeutet, dass wir noch ein paar Stunden warten müssen –«

»Justus!« Tante Mathildas Stimme drang durch das offene Dachfenster der Zentrale. »Justus, du Schlingel, wo steckst du?« Justus griff nach einem Mikrofon auf dem Schreibtisch. Es war an einem kleinen Lautsprecher im Büro angeschlossen. Diese Sprechverbindung hatte er eingerichtet, um sich mit Onkel und Tante zu verständigen.

»Ich bin hier, Tante Mathilda«, sagte er. »Hast du mich gesucht?«

»Ja, zum Kuckuck!«, rief Mathilda Jonas. »Ich werd mich wohl nie daran gewöhnen, dass du durch dieses Teufelsding mit mir sprichst. Ich möchte nur wissen, was du wieder treibst, Justus. Es muss schon etwas ganz Besonderes sein – sonst hättest du nicht das Mittagessen vergessen.«

»Ja, Tante Mathilda«, sagte Justus. »Das haben wir wirklich vergessen. Hoffentlich macht es dir nichts aus, dass wir noch einen Freund dabeihaben.«

»I wo«, sagte die Tante. »Auf einen Buben mehr oder weniger kommt es nicht an – ich hab ja sowieso immer drei zu versorgen.« Tatsächlich aßen Bob und Peter fast ebenso oft bei Justus wie zu Hause. »Ich habe belegte Brote und was Kaltes zu trinken für euch alle. Ihr könnt im Büro essen. Ich muss auf ein paar Stunden in die Stadt fahren. Titus ist auch weg, deshalb solltet ihr heute Nachmittag im Büro sein, Justus, und euch um die Kundschaft kümmern.«

»Ja, Tante Mathilda. Wir kommen sofort.«

In dem kleinen Büro warteten Berge von belegten Broten und ein paar Flaschen Orangenlimonade und Malzbier auf sie.

»Also gut«, sagte Mathilda Jonas. »Ich gehe jetzt. Patrick fährt mich mit dem kleinen Lastwagen in die Stadt. Bleib hier, bis ich wiederkomme, Justus, und verlier mir keinen Kunden!«

»Ist klar, Tante Mathilda.«

Mrs Jonas segelte hinaus.

Schweigend machten sich die Jungen über die Brote her. Als jeder zwei Doppelbrote und eine Flasche Limonade vertilgt hatte, war ihnen wieder eher nach Unterhaltung zumute.

»Du, Just –« Peter kaute noch an einem Brot mit kaltem Braten. »Was glaubst du eigentlich, was in dieser Büste ist, die wir suchen? Falls überhaupt was drin ist?«

»Gus hörte, wie sein Vater von einem Feurigen Auge sprach«, sagte Justus. »Ich glaube, dass in der Büste des Augustus von Polen das Feurige Auge versteckt ist.«

»Aber was ist das Feurige Auge?«, fragte Bob.

»Es ist klein«, sagte Justus, »sonst könnte es nicht in einer Gipsbüste stecken. Wenn man die Sorgfalt bedenkt, mit der

Mr August es verborgen hat, und die Tatsache, dass man nur ganz berühmten Edelsteinen Namen verleiht – denkt an den Stern von Indien oder Koh-i-noor –, dann muss man daraus schließen, dass das Feurige Auge ein Juwel ist, das Mr August vor vielen Jahren aus dem Orient mitbrachte. Und dieser Stein war wohl auch der Grund dafür, dass er danach ein Leben im Verborgenen führte.«

»Mensch!« Peter holte tief Luft. »Wenn das stimmt –«

»Pst!«, zischte Bob. »Da kommt ein Kunde.«

Ein eleganter Wagen war in den Hof gefahren und hielt vor dem Eingang zum Büro. Ein Mann in Chauffeurlivree saß am Steuer. Der Fahrgast, ein großer, dünner Mann, stieg aus und betrachtete die fünf Büsten, die noch auf dem Tisch neben der Tür standen. Über seinem linken Arm hing ein schwarzer Spazierstock aus poliertem Holz. Damit tippte er eine der Figuren leicht an, dann fuhr er mit den Fingerspitzen beiläufig über die Gipsköpfe. Sichtlich unzufrieden wischte er sich den Staub von den Fingern und ging auf die Tür zu, die ins Büro führte.

Just stand auf. Der große, schlanke Besucher war tadellos gekleidet. Er war dunkelhäutig und hatte pechschwarzes Haar mit grauen Strähnen. Und vor allem: Er hatte drei kleine Punkte auf der Stirn.

»Bitte entschuldigen Sie«, sagte Dreipunkt in ausgezeichnetem Englisch. »Diese interessanten Porträtbüsten –« Er zeigte mit seinem Stock auf die fünf Büsten.

Justus blinzelte. Er hatte die drei Punkte als Erster bemerkt und reagierte automatisch. Sein Körper sackte in sich zusammen, sein Gesicht wurde schlaff, seine Lider schlossen sich halb. Justus war recht stämmig, und Übelwollende mochten ihn fett nennen – nun, wenn er es darauf anlegte, konnte er tatsächlich aussehen wie ein Fettwanst.

»Bitte, Sir?«, fragte Justus mit näselnder Stimme. Wer ihn nicht kannte, musste ihn für einen dicken Dummkopf halten.

»Haben Sie noch mehr Figuren?« Dreipunkts Stimme war kühl und distanziert.

»Noch mehr?« Just tat, als sei er sehr schwer von Begriff.

»Ja, noch andere«, wiederholte Dreipunkt. »Wenn ja, dann würde ich sie mir gern ansehen. Ich möchte etwas ganz Besonderes haben – nicht gerade George Washington oder Benjamin Franklin.«

»Das da sind alle«, sagte Justus. »Die anderen sind verkauft.«

»Dann gab es also noch mehr davon?« Ein Funken Interesse blitzte in den tiefliegenden schwarzen Augen auf. »Und die Namen, mein Junge?«

»Die weiß ich nicht genau.« Justus schloss die Augen, als dächte er angestrengt nach. »So komische Namen – Homer Sowieso. Und Augustus von – von – ich hab's vergessen.«

Peter riskierte eine geflüsterte Frage an Bob. »Warum sagt er das?«

»Just wird schon seinen Grund haben«, flüsterte Bob zurück. »Pass auf!«

»Augustus!« In Dreipunkts unbewegtes Gesicht kam sekundenlang Leben. »Ja, ich glaube, ein Porträt von Augustus würde mir gefallen. Für meinen Garten. Du sagst, die Büste sei verkauft?«

»Gestern«, gab Justus zur Antwort.

»Und der Käufer? Wie heißt er, wo wohnt er?« Der Mann sprach im Befehlston. »Ich will ihm die Figur abkaufen.«
»Wir schreiben keine Adressen auf«, sagte Justus. »Irgendwer war es eben.«
»Irgendwer – irgendwer!« Dreipunkts Stimme war jetzt wieder eisig. »Nun ja. Sehr bedauerlich. Wenn du mir die Adresse geben könntest, wäre ich nicht kleinlich. Hundert Dollar!«
»Wir schreiben keine Adressen auf«, wiederholte Justus einfältig. »Aber manchmal geben die Leute Sachen zurück. Wenn der Kopf zurückgebracht wird, können Sie ihn haben. Möchten Sie mir Ihren Namen und Ihre Anschrift dalassen?«
»Eine gute Idee.« Dreipunkt sah Justus prüfend an. »Das werde ich tun.« Er hängte sich den Stock übers linke Handgelenk, zog eine Karte aus der Tasche und schrieb eine Adresse darauf. Dann reichte er sie Justus.
»Hier«, sagte er. »Vergiss nicht, mich anzurufen. Wenn Augustus zurückgegeben wird, zahle ich hundert Dollar dafür. Du wirst mich bestimmt anrufen?«
»Ich will sehen, was ich tun kann«, versprach Justus mit ausdrucksloser Stimme.
»Du wirst es tun!« Dreipunkt stieß seinen Stock unvermittelt auf den Boden. »Hier – ein Stück Papier«, sagte er. »Ich schätze Ordnung und Sauberkeit.« Der Stock stach durch die Luft – dorthin, wo Justus stand. Gus, Bob und Peter unterdrückten einen Schreckensruf. Der Stock war plötzlich zum Degen geworden. Die glänzende, fünfzehn Zentimeter lange Klinge hatte am Boden einen Papierfetzen aufgespießt.

Die Spitze des Degens hielt knapp handbreit vor der Brust des Jungen. Justus streckte langsam die Hand aus und nahm das Stück Papier. Abrupt zog Dreipunkt den Stock zurück – und da war es wieder ein gewöhnlicher Stock. Die Degenklinge war verschwunden.

»Du wirst noch von mir hören«, sagte der Mann scharf. »Wenn Augustus inzwischen zurückkommt, ruf mich an.« Er wandte sich um, stieg in den Wagen und fuhr davon.

Manches lässt sich kombinieren ...

Justus wartete, bis der Wagen zum Tor hinausgefahren war, dann drehte er sich um. Er war blass.

»Mit dem ist nicht zu spaßen!«, rief Peter. »Ich dachte schon, er wolle dich erstechen, Just.«

»Er wollte mich warnen.« Justus schluckte. »Er wollte mir klarmachen, dass jeder, der ihn hereinlegen will, das bereuen wird.« »Ich glaube, es war der gleiche Mann, der meinen Vater vor zehn Jahren besuchte«, sagte Gus. »Sicher behaupten kann ich es nicht, aber er sieht genauso aus.«

»Er hat auch drei Punkte auf der Stirn«, sagte Bob. »Und er sieht aus, als komme er aus dem Orient – womöglich aus Indien. Die drei Punkte könnten ein Kastenzeichen sein.«

»Warum hast du ihm denn gesagt, dass eine Büste von Augustus bei der Sammlung war?«, wollte Peter wissen. »Das hat ihn ja ganz schön munter gemacht.«

»Es sah so aus, als wüsste er schon Bescheid über die Figuren«, sagte Justus und trank einen Schluck Limonade. »Ich wollte herauskriegen, ob Augustus ihm etwas sagte. Und das erfuhr ich auch. Vielleicht hat er die Kopie dieses Briefes bei Mr Dwiggins gestohlen.«

»Aber er trägt keine Brille und keinen schwarzen Schnurrbart«, wandte Gus ein.

»Er könnte einen anderen damit beauftragt haben«, meinte

Bob. »Auf alle Fälle wusste er, dass es mit Augustus etwas Besonderes auf sich hat.«

»Er wollte etwas wissen«, sagte Justus, »und ich auch. Ich hab ihn dazu gebracht, mir seinen Namen und seine Adresse zu geben.« Er legte Dreipunkts Karte auf den Schreibtisch. In Prägedruck stand darauf:

RAMA SIDRI RHANDUR
PLESHIWAR, INDIEN

Darunter hatte der Besucher mit Bleistift die Anschrift eines Motels in Hollywood geschrieben.

»Indien!«, rief Peter. »Also hat Bob recht! Aber wenn Dreipunkt in Indien zu irgendwelchen Fanatikern gehört, die hinter dem Feurigen Auge her sind, dann bin ich dafür, dass wir die Sache fallen lassen. Ich habe mal ein Buch über Angehörige einer indischen Stammesgruppe gelesen, die auf der Suche nach einer verloren gegangenen Reliquie waren. Sie sahen einen bloß an, und schon hatte man ein Messer im Bauch. Also, wie der Kerl schon dreinschaute …«

»Bis jetzt können wir das nur vermuten«, sagte Justus. »Bob, es wird Zeit für ein paar Ermittlungen.«

»Klar«, stimmte Bob zu. »Wo soll ich nachforschen?«

»In der Bibliothek«, erklärte der Erste Detektiv. »Sieh zu, dass du etwas über das Feurige Auge herauskriegst. Und schlag auch unter ›Pleshiwar‹ nach.«

»In Ordnung«, sagte Bob. »Ich komme dann nach dem Abendessen wieder her. Meinen Eltern wäre es wahrscheinlich recht, wenn ich zur Abwechslung auch mal wieder daheim essen würde.«

»Das reicht gut«, sagte Justus. »Und dann lassen wir die Telefonlawine rollen.«
»Donnerwetter!«, sagte Gus, als Bob mit seinem Rad wegfuhr. »Ich hatte ja keine Ahnung, was ich euch da eingebrockt habe. Mr Dwiggins wird überfallen – Dreipunkt kommt hierher und bedroht dich, Justus – anscheinend geht es da um etwas ganz Großes. Und gefährlich scheint mir die Sache auch zu sein. Ich habe nicht das Recht, euch in Gefahr zu bringen. Ich glaube, ich sollte lieber nach Hause fahren und mir das Feurige Auge aus dem Kopf schlagen. Ihr braucht nicht mehr nach Augustus zu suchen, und wenn Dreipunkt oder Schwarzbart ihn finden, dann sollen sie es unter sich austragen.«
»Gus, das ist eine ausgezeichnete Idee!«, rief Peter. »Was meinst du, Just?«
Aber als Antwort genügte ein Blick in Justs Gesicht. Justus Jonas brauchte man nur ein rechtes Geheimnis hinzuhalten – schon schnappte er danach wie eine hungrige Bulldogge nach einem Stück Fleisch. Und hergeben würde er es nicht wieder!
»Wir haben doch gerade erst mit den Ermittlungen zu diesem Fall angefangen, Nummer Zwei«, sagte Justus. »Wir suchten ja eine neue Aufgabe – da können wir eine so interessante Sache doch nicht sausen lassen, wenn sie uns angeboten wird. Auf jeden Fall sind da gewisse sonderbare Tatsachen, die ich noch näher untersuchen muss.«
»Tatsachen? Was denn zum Beispiel?«, wollte Peter wissen.
»Ich habe den Verdacht«, erklärte der Erste Detektiv, »dass sich Mr Dwiggins selbst in dem Schrank eingeschlossen hat.«

»Sich selbst eingeschlossen?« Gus war höchst erstaunt. »Warum sollte er das getan haben?«
»Das weiß ich nicht. Das ist noch ungeklärt wie der ganze Fall.« »Wie kommst du darauf, dass er sich selbst eingeschlossen hat, Chef?«, fragte Peter. »Er saß schließlich in der Falle und sah wirklich aus, als hätte man ihn rau angefasst.«
»Oberflächliche Indizien, die uns irreführen sollten«, sagte Justus. »Denk mal darüber nach, Nummer Zwei. Gebrauche deinen Verstand. Mr Dwiggins sagte doch, er hätte eineinhalb Stunden lang in dem Schrank gesessen, oder?«
»Na ja – stimmt.«
»Und immer wieder hämmerte er gegen die Tür und rief um Hilfe. Na, was würde ein Mann in dieser Lage als Erstes tun?«
»Er würde sich die Brille wieder aufsetzen!«, rief Gus. »Oder sie, weil es dunkel war, abnehmen und in die Tasche stecken. Auf alle Fälle würde er sie nicht eineinhalb Stunden lang am Ohr baumeln lassen!«
»Da kannst du recht haben, Gus.« Peter kratzte sich am Kopf. »Und er würde auch seinen Schlips zurechtziehen. Stimmt, Just – er hat seinen Schlips und seine Brille absichtlich verrutscht, damit wir glauben, er sei überfallen worden.«
»Man muss allen Tatsachen auf den Grund gehen«, sagte Justus. »Ich muss allerdings zugeben, dass Mr Dwiggins sehr glaubhaft wirkte. Vielleicht hätte ich gar keinen Verdacht geschöpft, wenn mir nicht etwas aufgefallen wäre. Kommt mal zum Schreibtisch und legt eure Hände auf diesen Stuhlsitz.« Er stand auf. Peter und Gus berührten die hölzerne Sitzfläche des Drehstuhls.

»Und nun fasst den Schreibtisch an und sagt mir, welcher Unterschied zwischen den beiden Holzoberflächen besteht.«
Beide berührten den Schreibtisch. Gus rief: »Der Stuhl ist warm, weil du darauf gesessen hast! Die Schreibtischplatte ist kühler.«
Justus nickte. »Und als ich Mr Dwiggins' Stuhl in seinem Büro aufhob, überraschte es mich, dass der Sitz ein bisschen warm war, als ob jemand bis vor einer Minute darauf gesessen hätte. Als ich dann noch über die Brille und die Krawatte nachdachte, wurde mir klar, was geschehen sein musste. Mr Dwiggins sah uns im Wagen kommen und aussteigen. Er warf den Stuhl um, kroch schnell in den Schrank und brachte Brille und Krawatte in Unordnung. Dann setzte er sich nieder und fing an, laut um Hilfe zu rufen. Wahrscheinlich war er nicht länger als zwei oder drei Minuten im Schrank gewesen, als wir ihn fanden.«
»Allerhand!«, rief Peter. »Aber warum sollte er das alles tun?«
»Um uns zu täuschen«, erwiderte Justus. »Um uns weiszumachen, seine Kopie des Briefes sei gestohlen worden – und das war möglicherweise gar nicht der Fall.«

Die drei ??? *Gut so, Justus! Mr Dwiggins hat als Warmblüter dieses Detail peinlicherweise übersehen. Eine andere Einzelheit in dem fingierten Überfall musste er jedoch von langer Hand sorgfältig vorbereitet haben, um die Detektive zu täuschen. Nun, habt ihr genau gelesen und scharf mitgedacht? Nehmt dies als kleinen Zwischentest und überprüft euch selbst auf Seite 38.*

»Du meinst, einen mittelgroßen Mann mit Brille und schwarzem Schnurrbart habe es in Wirklichkeit gar nicht gegeben?«, fragte Gus.

»Nein, ich glaube nicht. Ich glaube, Mr Dwiggins hat ihn erfunden. Meine Theorie ist folgende: Dreipunkt, also Mr Rama Rhandur aus Indien, hat Mr Dwiggins seine Kopie des Briefes mit der Geheimbotschaft abgekauft, und Mr Dwiggins hat sich dann einen Plan zurechtgelegt, um uns gegenüber einen Diebstahl glaubhaft zu machen.«

»Das klingt wirklich logisch«, gab Gus zu. »Es würde auch erklären, wieso Mr Rhandur hierherkam. Er hat die Botschaft so weit entschlüsselt, dass ihm die besondere Bedeutung der Gipsfiguren klar wurde.«

»Und er sagte, er würde wiederkommen!«, rief Peter. »Vielleicht bringt er nächstes Mal ein paar von seinen Freunden mit. Angenommen, er glaubt nicht, dass wir tatsächlich nicht wissen, wo Augustus von Polen ist ... Die Orientalen haben ganz brutale Foltermethoden, um die Leute zum Reden zu bringen!«

»Deine Phantasie geht mit dir durch, Nummer Zwei«, stellte Justus fest. »Wir sind in Kalifornien, nicht im Fernen Osten. Mir ist nicht bekannt, dass seit den Indianerkämpfen hier jemand gefoltert wurde.«

»Das ist noch lange keine Garantie für die Zukunft«, murmelte Peter düster.

Gus wollte gerade etwas sagen – da läutete das Telefon. Justus nahm den Hörer ab. »Gebrauchtwarenzentrum Jonas, Justus Jonas am Apparat.«

»Hier Mrs Peterson. Ich wohne in Malibu Beach«, sagte eine

liebenswürdige Frauenstimme. »Es tut mir leid, aber ich habe eine Reklamation. Gestern habe ich bei Ihrer Firma zwei Gipsbüsten als Gartenplastiken gekauft.«

»Ja, bitte, Mrs Peterson?« Justus zeigte sich plötzlich sehr interessiert.

»Nun ja, sie waren sehr verstaubt, und ich spritzte sie im Hof mit dem Gartenschlauch ab, um den Staub herunterzuspülen. Und dabei fing die eine Figur an, sich aufzulösen. Ein Ohr und ein Stück von der Nase sind abgebrochen. Mein Mann sagt, sie seien eben aus Gips und gehörten ins Zimmer. Draußen würde das Wetter sie gleich ruinieren. Ich bin der Auffassung, Sie sollten mir mein Geld zurückzahlen – Sie haben mir schließlich die Figuren als Gartenplastiken verkauft.«

»Das bedaure ich sehr, Mrs Peterson«, sagte Justus höflich. »Ich glaube, wir haben außer Acht gelassen, dass Gips empfindlich gegen Nässe ist. Wir werden Ihnen den Kaufpreis zurückerstatten. Darf ich fragen, welche Büsten Sie gekauft haben?«

»So genau weiß ich das nicht. Sie stehen jetzt auf der Terrasse. Aber ich glaube, eine ist Augustus Sowieso. Ich bringe sie dann morgen zurück.«

»Ein Vorschlag, Mrs Peterson!« Justus richtete sich auf. »Wir kommen selbst vorbei und holen die Köpfe ab, damit Sie keine Mühe mehr damit haben. Wenn Sie mir Ihre Adresse geben, sind wir noch heute Nachmittag oder heute Abend bei Ihnen.«

Flink schrieb er mit, als Mrs Peterson ihm ihre Adresse nannte. Dann legte er auf.

»Wir haben Augustus wiedergefunden!«, sagte er zu Peter und Gus. »Sobald Patrick mit dem kleinen Lastwagen zurückkommt, fahren wir los und holen die Büste.«

»Großartig!«, rief Peter. Dann meinte er: »Ich hoffe nur, wir erwischen Augustus, ehe Dreipunkt uns erwischt.«

Ein Herr mit schwarzem Schnurrbart

Bob war inzwischen bei der Stadtbibliothek von Rocky Beach angelangt, wo er stundenweise aushalf. Miss Bennett, die Bibliothekarin, sah auf, als er hereinkam.

»Ach, du bist es – Tag, Bob«, sagte sie. »Ich wusste gar nicht, dass du heute dran bist.«

»Bin ich auch nicht«, erklärte Bob. »Ich möchte nur etwas nachschlagen.«

»Oh – und ich dachte schon, du könntest mir helfen. Heute war viel Betrieb. Eine ganze Menge Bücher sind wegzuräumen. Hättest du nicht doch ein bisschen Zeit für uns übrig, Bob?«

»Klar, Miss Bennett.«

Miss Bennett bat ihn als Erstes darum, bei ein paar Jugendbüchern den Einband zu flicken. Bob nahm die Bände mit nach hinten in den Lagerraum und reparierte sie mit starkem Klebeband. Als er fertig war, gab ihm Miss Bennett einen großen Stapel zurückgegebener Bücher, die wieder in die Regale zu stellen waren. Bob räumte sie ein, und dann machte ihn die Bibliothekarin noch auf einige Bände aufmerksam, die auf einem Tisch im Lesesaal zurückgeblieben waren. Bob sammelte sie ein. Plötzlich fuhr er überrascht zusammen. Ein Titel hieß »Berühmte Edelsteine und ihre Geschichten«. Es war genau das Buch, in dem er das Feurige Auge nachschlagen wollte!

»Stimmt was nicht, Bob?«, fragte Miss Bennett.
Bob schüttelte den Kopf. »Alles in Ordnung, Miss Bennett.« Er nahm das Buch mit zum Ausgabetisch und zeigte es ihr. »Es ist nur – ich wollte in diesem Buch etwas nachschauen, und da hat es mich überrascht, dass es mir gleich in die Hände fiel.«
»Sieh mal an!« Miss Bennett las den Titel. »Das ist aber ein Zufall! Dieses Buch hat seit Jahren keiner mehr angesehen, und jetzt wird es am selben Tag gleich zweimal verlangt.«
Bob glaubte nicht an einen Zufall. »Sie erinnern sich wohl nicht mehr, wer dieses Buch mit in den Lesesaal nahm?«, fragte er.
»Nein, ich glaube kaum. Es waren heute so viele Leute da – in meinem Kopf geht es schon ganz durcheinander.«
Bob überlegte blitzschnell. Wer käme als Interessent am ehesten infrage? Auf gut Glück fragte er: »War es vielleicht ein Mann mit einer großen Hornbrille und einem schwarzen Schnurrbart? Ein mittelgroßer Mann?«
»Warte mal …« Miss Bennett runzelte angestrengt die Stirn. »Ja, wirklich, jetzt, da du ihn beschreibst, erinnere ich mich. Er sprach ziemlich leise, und seine Stimme klang heiser. Woher kennst du ihn denn?«
»Ich hab mal was von ihm gehört«, sagte Bob. »Wenn Sie für mich nichts mehr zu tun haben –«
Miss Bennett schüttelte den Kopf, und Bob lief zum Lesesaal zurück. Schwarzbart war hier gewesen! Das bedeutete, dass er ebenfalls einer Fährte nachspürte.
Er setzte sich und durchblätterte das Buch. Es enthielt viel Interessantes über Entdeckung und Geschichte weltberühm-

ter Edelsteine. Erst ließ er sich ablenken und überflog den seltsamen Bericht des Hope-Diamanten, der offenbar vielen Menschen Unheil gebracht hatte. Dann fand er, was er gesucht hatte. Ein Kapitel hieß »Das Feurige Auge«. Er begann zu lesen.

Das Feurige Auge war ein Rubin, so groß wie ein Taubenei, von leuchtendem, tiefem Rot. Niemand wusste, wo oder wann der Stein gefunden worden war, aber seit vielen Jahrhunderten war er in China, Indien und Tibet bekannt. Er war im Besitz von Radschas, Kaisern, Königen, Prinzen und reichen Kaufherren gewesen. Oftmals war er gestohlen worden, und einige seiner Besitzer waren seinetwegen ermordet worden. Andere Eigentümer des Kleinods waren auf dem Schlachtfeld besiegt worden, hatten ihr Vermögen verloren oder ähnliches Unglück erfahren. Man wusste um mindestens fünfzehn Männer, denen der Stein den Tod gebracht hatte.

Das Feurige Auge hatte etwa die Form eines Auges und war sehr wertvoll. Allerdings war es nicht ganz so kostbar wie andere berühmte Edelsteine, weil es eine Unreinheit aufwies: Im Innern war ein Lufteinschluss, der seine Vollkommenheit beeinträchtigte.

Das Kapitel schloss mit den Worten:

»Es gibt Edelsteine, die das Unheil auf sich zu ziehen scheinen. Ein Besitzer nach dem anderen fällt dem Tod oder einer Krankheit anheim, oder er erleidet sonst einen schweren Verlust. Ständig bedrohen ihn Schicksalsschläge, niemals ist er sicher. Der Hope-Diamant, von dem es hieß, er bringe seinen Besitzern Unglück, bis er der

Smithsonian Institution in Washington gestiftet wurde, ist ein solches Beispiel, das Feurige Auge ein anderes. Wenige, die es besaßen, entgingen dem Unheil, bis der Stein schließlich als Zeichen der Buße von einem indischen Maharadscha dem Tempel der Gerechtigkeit in dem entlegenen indischen Gebirgsort Pleshiwar übergeben wurde.
Der Tempel der Gerechtigkeit ist das Heiligtum einer kleinen, aber fanatischen Gemeinde von Angehörigen eines kriegerischen Gebirgsstammes. Das Kleinod wurde in die Stirn der Tempelgottheit eingesetzt, und nach dem Wunderglauben ihrer Anbeter sollte es Verbrecher entlarven können. Wurde ein Angeklagter vor die Götterstatue geführt und leuchtete das Feurige Auge plötzlich auf, so galt der Verbrecher als überführt; blieb das Feurige Auge unverändert, so war damit seine Unschuld erwiesen.
Vor vielen Jahren verschwand der Stein auf geheimnisvolle Weise aus dem Tempel. Wo er sich heute befindet, ist nicht bekannt, obwohl die Gläubigen des Tempels der Gerechtigkeit alles daransetzten, wieder in seinen Besitz zu gelangen. Gerüchte behaupten, ein Tempelbediensteter, der eine Verfehlung begangen hatte und die Aufdeckung seiner Schuld durch das Feurige Auge befürchtete, habe das Kleinod verkauft. Viele vermuten, dass der berüchtigte Stein heute mit den Gebeinen jenes Mannes, der ihn kaufte oder stahl, irgendwo begraben liegt. Andere glauben, er werde wieder auftauchen. Einer alten Legende zufolge soll das Feurige Auge geläutert sein und niemandem mehr Unheil bringen, nachdem es fünfzig Jahre lang ungesehen und unberührt blieb. Dann allerdings muss es gekauft, gefunden oder geschenkt werden, es darf nicht geraubt oder gestohlen sein.
Diese fünfzig Jahre sind nun bald verstrichen. Das Risiko des Fluches, der dem Stein nachgesagt wird, würden allerdings auch heute nur wenige Sammler auf sich nehmen.«

Alle Achtung!, dachte Bob. Das Feurige Auge war offenbar ein Edelstein, vor dem man sich hüten musste. Auch wenn die fünfzig Jahre jetzt vorüber sein mochten (das Buch, in dem er gelesen hatte, war schon vor einigen Jahren erschienen), wollte er mit dem Juwel lieber nichts zu tun haben.
Nachdenklich stellte er das Buch weg. Dann nahm er einen Lexikonband vom Regal, um unter »Pleshiwar« nachzusehen. Er fand einen kurzen Abschnitt, es stand nur darin, dass die Bewohner des Orts und der umgebenden Berge hochgewachsen, kriegerisch und im Kampf von außerordentlicher Wildheit seien und dass sie an einem Menschen, der sie beleidigte, unerbittliche Rache nehmen. Bob musste schlucken. Er notierte sich das Wichtigste über Pleshiwar und den Edelstein. Dann saß er da und überlegte. Sollte er Justus anrufen und ihm alles berichten? Er entschied sich dagegen. Bald war es Zeit zum Abendessen, und Just würde die Telefonlawine ohnehin erst später starten.
Bob verabschiedete sich von Miss Bennett und radelte heim. Seine Mutter bereitete gerade das Abendessen vor, sein Vater las und rauchte seine Pfeife.
»Hallo, mein Sohn«, begrüßte er Bob, »warum so nachdenklich? Du siehst ja aus, als hättest du ein gewaltiges Problem zu lösen. Befasst ihr euch wieder mit einer flüsternden Mumie oder dergleichen?«
»Nein, Paps«, sagte Bob. »Im Augenblick suchen wir eine Büste des Augustus von Polen. Weißt du, wer das war?«
»Leider nicht. Aber apropos Augustus: Wir haben jetzt August. Weißt du, wie dieser Monat seinen Namen bekam?«
Bob wusste es nicht. Sein Vater erzählte es ihm, und Bob

fuhr auf wie elektrisiert. Er stürzte geradewegs ans Telefon und wählte die Nummer der Firma Jonas. Mathilda Jonas war am Apparat, Bob fragte nach Justus.
»Tut mir leid, Bob«, sagte Mrs Jonas. »Justus und die anderen sind vor einer halben Stunde mit Patrick im kleinen Lastwagen weggefahren. Sie mussten nach Malibu.«
»Ich komm gleich rüber und warte auf sie!«, rief Bob aufgeregt. »Vielen Dank!«
Er legte auf. Als er gerade die Haustür hinter sich schließen wollte, rief ihn seine Mutter zurück. »Robert! Das Abendessen ist fertig. Du setzt dich jetzt mit uns an den Tisch. Was ihr auch immer vorhabt – es kann warten, bis du gegessen hast.«
Widerstrebend setzte sich Bob. Just musste unbedingt unterrichtet werden! Aber eine Stunde hatte es wohl noch Zeit.

Die drei ???

Wie wäre es, während Bob sich das Abendessen schmecken lässt, mit einer kleinen Exkursion in die Entstehungsgeschichte unserer Monatsnamen? Bob scheint da etwas aufgeschnappt zu haben …
Wir haben die Auswahl unter zwölf Monaten und dreizehn Gipsbüsten: August und … und …???

Im gleichen Augenblick fuhren Justus, Peter und Gus durch Malibu Beach und suchten Mrs Petersons Haus. Schließlich hielten sie vor einer großen, stattlichen, stuckverzierten Villa inmitten eines blühenden, gepflegten Gartens.
Justus ging voran – einen Fußweg entlang und über eine fliesenbelegte Terrasse zur Haustür. Er drückte auf den Klingelknopf, und gleich darauf ging die Tür auf.

»Ich bin Justus Jonas vom Gebrauchtwarenzentrum Jonas«, stellte er sich der netten Dame im Sommerkleid vor, die geöffnet hatte. »Ich möchte gern die Gipsbüsten wieder abholen, die wir Ihnen verkauft haben.«
»Ach, richtig. Dort drüben sind sie.« Die Dame führte ihn hinters Haus. Dort waren die beiden Büsten – und eine sah wirklich sehr ramponiert aus. Wie Mrs Peterson gesagt hatte, fehlten Augustus von Polen ein Ohr und die Nase, und auch der Rest war sichtlich im Stadium der Auflösung. Die andere Büste, das Porträt Francis Bacons, war nicht abgespritzt worden, sie sah verstaubt, aber unversehrt aus. »Ich bedaure, dass ich sie zurückgeben muss«, sagte Mrs Peterson. »Aber man verkaufte sie uns als Gartenplastiken, und mein Mann sagt, dass sie sich unter dem Rasensprenger in kürzester Zeit auflösen würden.«
»Das ist wirklich bedauerlich«, sagte Justus und verbarg seine Freude über den wiedergefundenen Augustus. »Hier ist Ihr Geld – und die Büsten nehmen wir mit.«
Er gab Mrs Peterson die zehn Dollar, die er von seiner Tante bekommen hatte, hob Augustus auf und schleppte ihn schwer atmend zum Wagen. Peter kam mit Francis Bacon hinterdrein.
»Mensch, glaubst du wirklich, das Feurige Auge steckt in Augustus?«, fragte Peter aufgeregt, als sie zurückfuhren.
»Nach meiner Ansicht ist das höchst wahrscheinlich«, erwiderte Justus.
»Sobald wir wieder zurück sind, müssen wir ihn aufbrechen«, meinte Peter.
»Nein, wir müssen noch warten, bis Bob zurückkommt«,

entgegnete Justus. »Er wäre enttäuscht, wenn wir Augustus ohne ihn zertrümmern würden.«

Auf dem Schrottplatz saß Bob inzwischen bei Mathilda Jonas im Büro und wartete auf die Rückkehr der Freunde. Samstags war das Geschäft bis spätabends geöffnet, damit sich die Leute in Ruhe umsehen konnten. Normalerweise war das Gelände dann ziemlich bevölkert, und das reichhaltige Angebot an Kuriositäten wurde interessiert begutachtet. An diesem Abend schlenderten allerdings nur ein paar Männer auf dem Platz umher, die sich alte Werkzeuge und Maschinen ansahen.

Da fuhr eine schwarze Limousine vor. Ein Mann stieg aus und kam zum Eingang. Bob erschrak bei seinem Anblick. Es war ein mittelgroßer Mann mit schwarzem Haar, einer Hornbrille und einem großen schwarzen Schnurrbart. Schwarzbart! Hier!

»Guten Abend«, sagte Schwarzbart mit heiserer Stimme zu Mathilda Jonas. »Ich interessiere mich für diese hübschen, kunstvollen Figuren hier.« Er betrachtete die fünf Büsten, die noch immer in einer Reihe vor dem Bürohäuschen standen. »Hm – sehr berühmte Leute. Haben Sie noch mehr davon?«

»Das sind alle«, erklärte Mathilda Jonas. »Und als Gartenschmuck kann ich sie Ihnen nicht verkaufen. Ich hörte gerade, dass sie sich auflösen, wenn sie nass werden. Zwei wurden deshalb schon zurückgegeben. Sie werden gerade abgeholt. Ich nehme an, die übrigen kommen auch wieder zurück.«

Sie war ganz außer sich. Geld zurückgeben zu müssen – das setzte Mathilda Jonas schwer zu. Sie war gutmütig und großzügig, aber sie war auch Geschäftsfrau und wollte den Trödelkram, den Titus Jonas einhandelte, mit Gewinn verkaufen.

»Wirklich?«, erkundigte sich Schwarzbart interessiert. »Zwei kommen zurück, und die anderen vielleicht auch … Ich sammle solche Figuren, und ich möchte Ihnen die fünf hier abkaufen – für fünf Dollar das Stück. Aber Sie müssen mir versprechen, alle Büsten, die noch zurückgegeben werden, für mich zu reservieren. Ich möchte sie alle haben.«

»Tatsächlich?« Mathilda Jonas strahlte wieder. »Aber sie könnten beschädigt sein, wenn die Leute versucht haben, sie abzuwaschen.«

»Das schadet nichts. Wenn Sie mir versprechen, wirklich alle Büsten für mich beiseitezustellen, bezahle ich jetzt diese fünf und auch gleich die beiden, die jetzt zurückkommen.«

»Einverstanden«, sagte Mathilda Jonas. »Wenn Sie die hier nehmen, kriegen Sie alle, die noch kommen. Die beiden ersten müssten jeden Augenblick hier sein. Mein Neffe holt sie gerade ab.«

»Ausgezeichnet!« Schwarzbart brachte ein paar Banknoten zum Vorschein. »Hier sind fünfunddreißig Dollar für diese fünf und die zwei anderen. Ich will die hübschen Kunstwerke gleich in meinen Wagen laden.«

Bob zitterte innerlich vor Aufregung – er suchte fieberhaft einen Grund, einzugreifen, und wusste doch, dass es aussichtslos war. Mrs Jonas hatte gerade ein gutes Geschäft gemacht, und sie war stolz darauf, stets ihr Wort zu halten.

Gleich würde Justus zwei Büsten zurückbringen, und vielleicht war Augustus dabei …

Und Schwarzbart hatte ein Recht auf ihn, weil er im Voraus bezahlt hatte!

»Hör mal, Bob, was ist denn mit dir los?« Mrs Jonas betrachtete ihn forschend. »Du bist ja so zappelig. Stimmt was nicht?« »Ich meine nur –«, brachte Bob mühsam hervor, »– ich glaube, unser neuer Freund Gus hätte gern eine solche Büste, Mrs Jonas. Sie stammen aus dem Haus seines Großonkels, und deshalb – ja, also –«

»Das tut mir leid, aber das hättest du früher sagen müssen. Jetzt gehören sie alle diesem Herrn. Da kommt auch der Lastwagen!«

Schwarzbart hatte gerade die letzte Büste in seinem Auto verstaut, als der Lastwagen angerumpelt kam.

Just und Peter sprangen von der Pritsche und liefen zum Führerhaus. Patrick reichte ihnen die beiden Gipsfiguren hinab. Peter nahm Francis Bacon, und Just bekam Augustus von Polen. Behutsam drückte er ihn an die Brust.

Keiner von beiden hatte Schwarzbart bemerkt, bis der Mann auf sie losrannte. »He, ihr Burschen, die gehören mir!«, rief er barsch. Er griff nach der Augustus-Büste in Justs Armen und hielt sie gewaltsam fest. »Die gehört mir!«, knurrte er. »Und ich krieg sie auch. Lass los!«

Bob hat eine Erleuchtung

Schwarzbart zog, und Justus hielt fest – er war keineswegs bereit, Augustus loszulassen. Wütend brüllte Schwarzbart: »Lass los, zum Donnerwetter! Die Figur gehört mir. Ich habe sie gekauft und bezahlt!«

»Justus, gib sie her!«, rief Mrs Jonas streng.

»Aber ich habe sie unserem Freund Gus versprochen, und sie ist für Gus unheimlich wichtig!«, keuchte Justus. »Es geht um Kopf und Kragen!«

»Ach nein – um Kopf und Kragen? Diese alte Gipsfigur?«, schnaubte Mrs Mathilda Jonas. »Bei euch Buben schießt die Phantasie ins Kraut. Gib dem Herrn jetzt endlich die Büste. Ich habe sie verkauft, und ich halte mein Wort!«

»Gib das Ding her!«, knurrte Schwarzbart. Er zerrte noch einmal besonders heftig – gerade als Justus seiner Tante gehorchte und losließ. Der Mann taumelte zurück, stolperte über einen Stein und stürzte zu Boden. Die Büste rutschte ihm aus den Armen und zersprang in viele Stücke. Mit offenem Mund starrten die Jungen auf die Scherben. Mrs Jonas stand zu weit weg, aber Justus, Gus, Bob und Peter sahen es genau: Ein roter Stein, so groß wie ein Taubenei, schimmerte inmitten der Gipsbrocken!

Einen Augenblick lang rührte sich niemand. Dann rappelte sich Schwarzbart hoch, hob den roten Stein auf und steckte ihn hastig ein. Dann wandte er sich an Mrs Jonas. »Es war meine Schuld«, sagte er. »Die Folgen habe ich mir selbst zuzuschreiben. Aber entschuldigen Sie mich jetzt bitte. Ich muss gehen. Auf die anderen Büsten lege ich keinen Wert mehr.«

Er stieg in seinen Wagen und fuhr rasch zum Hof hinaus. Verzweifelt sahen ihm die Jungen nach.

»Er hat es!«, stöhnte Peter. »Er hat das Feurige Auge!« Dann fiel ihm ein, worüber sie vorher gesprochen hatten. »Aber wir waren uns doch einig, dass es keinen Mann mit einem schwarzen Schnurrbart gibt. Mr Dwiggins sollte ihn ja erfunden haben!«

»Anscheinend haben wir uns getäuscht«, sagte Justus. Er ließ die Schultern hängen und sah ganz deprimiert aus.

»Schwarzbart war heute schon in der Bibliothek«, berichtete Bob jetzt. »Er hat nachgesehen, was er dort über das Feurige Auge finden kann.«

»Wer hätte das gedacht?«, sagte Justus langsam. »Kaum haben wir das Feurige Auge gefunden, da verlieren wir es auch schon wieder. Es tut mir leid, Gus.«

»Du kannst nichts dafür«, erklärte der junge Engländer beherrscht. »Du darfst dir keine Vorwürfe machen.«

»Ich war so sicher, dass es keinen Schwarzbart gebe –« Just wurde von seiner Tante unterbrochen. »Na, Justus, es ist doch ein Glück, dass er die Schuld auf sich genommen hat.« Sie deutete auf die Scherben, die einmal Augustus von Polen dargestellt hatten. »Und es war seine Schuld – er hat die Büste fallen lassen. Nur sind die Leute nicht immer einsichtig. Na, hier ist's noch mal gut gegangen. Kehr die Scherben zusammen und wirf sie in die Mülltonne.«

»Ja, Tante Mathilda«, sagte Justus.
Mrs Jonas schaute auf die Uhr über dem Eingang zum Büro. »Feierabend für heute. Oder wollt ihr noch hierbleiben?«
»Ja, wir müssen etwas besprechen«, erklärte Justus. »Wir würden gern noch ein Weilchen bleiben.«
»Dann lassen wir das große Tor noch offen«, entschied Mrs Jonas, »für den Fall, dass doch noch ein Kunde kommen sollte. Ihr kümmert euch dann um ihn, ja?«
Justus nickte, und Mrs Jonas ging zu dem kleinen zweistöckigen Haus jenseits des Zaunes, das sie mit Titus und Justus bewohnte. Die vier Jungen waren allein auf dem Schrottplatz.
Sie lasen die Scherben der Augustus-Büste auf und legten sie auf einen alten Tisch. Justus untersuchte sie sorgfältig.
»Da!« Er zeigte auf einen eiförmigen Hohlraum in den Bruchstücken. »Hier steckte das Feurige Auge.«
»Und jetzt hat es Schwarzbart!« Bob war verzweifelt. »Das kriegen wir nie wieder!«
»Ja, es sieht recht hoffnungslos aus«, stimmte Justus zu. Dass er einen Misserfolg für möglich hielt, kam sehr selten vor. »Aber wir wollen überlegen, was wir noch tun können. Kommt mit in die Werkstatt. Bob, du erzählst uns, was du herausgefunden hast.«
Er ging voran. Die Jungen setzten sich zwischen Druckerpresse und Drehbank und hörten Bob zu, der aus seinen Notizen vorlas, was er über die blutige Geschichte des Feurigen Auges und über die Menschen im indischen Pleshiwar hatte erfahren können.
»Puh!« Peter schluckte. »Das gefällt mir gar nicht. Wenn das

Feurige Auge ein Unglücksstein ist, sollten wir die Finger davon lassen. Soll sein Fluch einen anderen treffen!«

»Aber es heißt doch in der Legende: Wenn das Feurige Auge fünfzig Jahre lang nicht angeschaut und nicht berührt wird, dann ist es geläutert, und das Verderben ist von ihm gewichen«, erinnerte Bob.

»Sicher«, gab Peter zu. »Aber du hast gesagt, dass viele Sammler auch noch nach fünfzig Jahren das Risiko fürchten.«

»Ich fange an zu verstehen, was Onkel August bezweckte«, sagte Gus. Seine Augen glänzten vor Erregung. »Er versteckte das Feurige Auge und wollte es fünfzig Jahre lang im Verborgenen aufbewahren. Danach, wenn es unschädlich geworden war, wollte er es verkaufen. Da er aber seinen Tod nahen fühlte, als die fünfzig Jahre gerade um waren, hinterließ er mir den Stein. Ich glaube sicher, dass er jetzt ungefährlich ist.«

»Das kann schon sein«, meinte Justus, »aber Schwarzbart hat ihn. Und im Augenblick weiß ich nicht, wie wir ihn von Schwarzbart zurückbekommen sollen.«

»Die Telefonlawine!«, rief Bob. »Wir lassen Schwarzbart von vielen tausend Kindern suchen. Und wenn wir ihn finden, dann werden wir – werden wir –« Er begann zu stottern und merkte, dass er keinerlei Vorstellung davon hatte, was sie dann tun würden.

»Da haben wir's.« Justus nickte. »Wir können ihm den Stein nicht einfach wegnehmen. Und außerdem: Ist euch klar, auf wie viele Männer in dieser Stadt der Steckbrief von Schwarzbart passen würde? Auf mehrere hundert mindestens. Und dabei haben wir noch nicht berücksichtigt, dass der schwarze

Schnurrbart meiner Meinung nach nicht echt ist, sondern zur Maskierung dient.«

Gus brach schließlich das lange Schweigen, das Justs Worten folgte. »Dann ist es hoffnungslos.«

Wieder waren alle still. Sogar Justus wusste offenbar nicht weiter. Da hörten sie ein durchdringendes Klingeln.

»Es läutet!«, rief Bob. »Kundschaft, Just.«

»Ich geh und frage, was er will.« Justus stand auf und ging zum Büro. Die anderen folgten ihm.

Als sie ins Freie traten, sahen sie den Besucher neben seinem eleganten schwarzen Wagen stehen. Auf seinen Spazierstock gestützt, betrachtete er sich die Umgebung.

»Ach, du Schreck!«, flüsterte Peter. »Dreipunkt!«

»Das gefällt mir gar nicht«, flüsterte Bob zurück.

Aber Justus ging schon auf den Mann zu, und so folgten sie widerstrebend. Sie sahen, dass Justus Dreipunkt zu Ehren wieder die Schultern hängen ließ und sein einfältiges Gesicht aufgesetzt hatte.

»Guten Abend, ihr drei«, sagte Dreipunkt. Er lächelte – kein gutes Lächeln. »Ich habe mir eben das hier angesehen – da!« Mit seinem Stock wies er auf die Bruchstücke des Augustus von Polen. »Das sind offensichtlich die Überreste der Augustus-Büste, die mich besonders interessiert hat. Habe ich dich nicht gebeten, mich anzurufen, wenn sie zurückgegeben wird?«

»Ja, gewiss«, sagte Justus. »Nur ist sie leider zerbrochen.«

»Es würde mich ungemein interessieren, wie das passierte.« Dreipunkts Lächeln erinnerte an das Zähneblecken eines Tigers, der Appetit auf einen netten, fetten Buben hat. »Be-

sonders aufschlussreich finde ich diese kleine Höhlung, die man in den Scherben erkennen kann. In der Büste war etwas verborgen.«
»Ja«, sagte Justus mit teilnahmsloser Stimme. »Ein Kunde ließ die Figur fallen, und da ist sie kaputtgegangen. Er hat etwas vom Boden aufgehoben. Aber wir haben nicht so genau hingesehen.« Das stimmte – sie hatten es nicht genau gesehen. Aber sie wussten ziemlich genau, was Schwarzbart da eingesteckt hatte.
»Dieser Kunde«, sagte Dreipunkt. »War das ein Mann mit einer großen Brille und einem schwarzen Schnurrbart?«
Justus nickte. Peter, Bob und Gus sahen sich verdutzt an.
»Und –«, fuhr der große Mann fort, »– hat das Ding, das dieser Herr aus den Scherben nahm, vielleicht so ausgesehen?«
Mit einer abrupten Geste holte er etwas aus der Tasche und warf es auf den Tisch neben den Scherbenhaufen. Es war klein und eiförmig und leuchtend rot.
Das Feurige Auge!
Sogar Justus war einen Augenblick lang sprachlos. Dann antwortete er: »Ja, so hat es ausgesehen.«
»Hm.« Der Mann stützte sich auf seinen Stock und sah die Jungen der Reihe nach an. »Ihr habt wahrscheinlich alle von dem Feurigen Auge gehört, und ihr wisst sicherlich auch, welch schreckliches Schicksal seine Besitzer ereilt.« Darauf gab es nichts Passendes zu sagen, und so schwiegen sie. Aber sie fragten sich im Stillen, wieso Dreipunkt nun das Feurige Auge besaß – immerhin war Schwarzbart vor kaum einer Stunde damit weggefahren.

»Ich möchte euch etwas zeigen.« Dreipunkt hob seinen Stock. Er drehte an der Krücke. Aus der Spitze sprang die Degenklinge. Er betrachtete sie missbilligend. »Das war unachtsam«, stellte er fest. »Ich habe sie nicht gründlich genug gesäubert.«
Er zog ein Tuch aus der Tasche und wischte die Klinge ab. Etwas Rotes, Klebriges blieb am Tuch haften.
»Blut greift solch feinen Stahl leicht an«, sagte er. Den Jungen lief es eiskalt über den Rücken. »Nun ja –«
Er beugte sich vor und stach mit der Spitze der rasiermesserscharfen Klinge in das Feurige Auge. Kräftig zog er die Klinge über den Rubin. Dann hielt er Justus den Stein hin. »Schau dir das gut an und sag mir, was dir auffällt.«
Justus hielt den Stein hoch, um ihn besser untersuchen zu können. Die anderen traten dicht heran.
Zuerst konnten sie nichts Besonderes feststellen. Da sah es Bob – und dann auch Justus: Die Klinge hatte den Stein angeritzt.
»Der Rubin hat einen Kratzer«, sagte Justus. »Das verstehe ich nicht. Rubine sind härter als Stahl. Stahl dürfte diesen Stein nicht ritzen.«
»Sieh mal an!« Dreipunkt schien erfreut zu sein. »Also bist du doch nicht so dumm, wie du tust. Ich habe es von Anfang an nicht geglaubt. Im Gegenteil, ich war ganz sicher, dass du ein sehr scharfsinniger Bursche bist.«
Justus biss sich auf die Lippen – wie ärgerlich, sich so zu verraten!
Dreipunkt fuhr fort: »Und nun sag mir, wie du dir den Kratzer erklärst.«

Stumm betrachtete Justus den roten Stein. »Er wurde zerkratzt, weil er kein echter Rubin ist«, sagte er schließlich. »Das ist eine Imitation aus Kunststoff.«

»Genau!« Dreipunkts Stimme klang messerscharf. »Diese Nachbildung habe ich dem Herrn mit dem schwarzen Schnurrbart abgenommen. Das echte Feurige Auge wäre noch zu finden. Da es in einer Augustus-Büste versteckt ist, muss bei den Figuren noch ein anderer Augustus sein, der ebenfalls verkauft wurde. Ich verlasse mich darauf, dass ihr ihn für mich findet.«

Er hielt inne und sah die Jungen nacheinander lange an. »Ich befehle euch, mir diesen anderen Augustus herbeizuschaffen!«, sagte er. »Sonst – doch nein, ich möchte nicht drohen. Ich glaube, ihr habt verstanden. Ruft mich an, sobald ihr die Figur gefunden habt.«

Er stieg in den wartenden Wagen und war im nächsten Augenblick verschwunden.

Die Jungen sahen sich entgeistert an.

»Er – er muss Schwarzbart umgebracht und ihm den Stein abgenommen haben«, sagte Peter. »Himmel, woher wusste er bloß so schnell, dass Schwarzbart ihn hatte?«

»Es wird immer geheimnisvoller und verzwickter«, stellte Justus fest. »Warum steckte Mr August einen falschen Rubin in die Büste des Augustus von Polen? Hatte man ihn betrogen und glaubte er, das sei der echte Stein? Oder hat er es mit Absicht getan, um den, der danach sucht, in die Irre zu führen? Und wenn ja, hat er den echten Stein dann in einer anderen Büste versteckt? Aber wir wissen, dass es sonst keinen Augustus-Kopf mehr gibt –«

»Doch!«, platzte Bob heraus. »Es gibt noch einen!«

Alle starrten ihn an. Justus blinzelte.

»Gerade ist's mir eingefallen«, sagte Bob. »Mein Vater hat es mir erzählt. Octavian! Er war ein römischer Kaiser, und er wurde auch Augustus genannt. Als Mr August schrieb: ›August ist der Hüter Deines Glücks‹, meinte er bestimmt die Büste von Octavian, denn nach ihm ist unser Monat August benannt! Jetzt müssen wir Octavian suchen!«

Mädchenstimme am Telefon

»Ich finde, wir sollten uns mit dem Feurigen Auge nicht mehr abgeben!«, sagte Peter energisch. »Es soll mindestens fünfzehn Männern das Leben gekostet haben, und diese Bilanz braucht schließlich nicht auf fünfzehn Männer plus vier Jungen anzuwachsen.«

»Peter hat recht«, erklärte Gus. »Ich glaube nicht, dass ich das Feurige Auge noch haben möchte, selbst wenn wir es fänden. Es scheint mir ein zu riskanter Besitz zu sein.«

»Denk daran, was mit Schwarzbart passiert ist!«, rief Peter. »Er hatte es kaum eine Stunde lang, und schwupp – schon hatte es ihn erwischt!«

Bob sagte gar nichts. Er beobachtete Justus, der ein eigensinniges Gesicht aufgesetzt hatte.

»Wir haben das Feurige Auge noch nicht gefunden«, meinte Justus. »Also können wir nicht in Gefahr sein. Oder jedenfalls noch nicht.«

»Wir wollen abstimmen«, schlug Peter vor. »Ich bin dafür, dass wir den Fall nicht weiter bearbeiten. Wer damit einverstanden ist, sagt Ja!«

»Ja! Ja! Jaa!«, kam es wie ein Echo. Aber es war nur Blacky, der zahme Rabe, dessen Käfig in der Zentrale über dem Schreibtisch hing.

Außer Blacky stimmte niemand für Peters Vorschlag. Gus enthielt sich der Stimme, weil er ein Außenseiter war, und

Bob sagte nichts, weil er großes Zutrauen zu Justus hatte. Zudem war Just äußerst schwierig umzustimmen, und Bob wusste schon, dass Just an dem Fall weiterarbeiten wollte.
»Ein Toter redet nicht!«, kreischte Blacky und lachte krächzend. »Ruhe da oben!«, befahl Peter. »Musst du auch noch darauf herumreiten?« Er wandte sich an Justus. »Also gut. Und was machen wir jetzt? Sollten wir nicht die Polizei anrufen und melden, was Schwarzbart zugestoßen ist?«
»Wir haben keine Beweise«, sagte Justus. »Ohne Beweise glaubt man uns nicht. Wenn Schwarzbart gefunden wird, werden wir natürlich alles aussagen, was wir wissen. Wie die Dinge jetzt liegen, können wir nur in einer Richtung weitermachen. Wir müssen versuchen, die Büste von Octavian zu finden, und das gelingt uns allenfalls mithilfe der Telefonlawine. Es ist kurz nach sieben, und die meisten von unseren Freunden müssten nun zu Hause sein. Ich schlage vor, wir beginnen jetzt mit den Anrufen und lassen die Lawine rollen.«
Nun gab es keine unnützen Worte mehr zu verlieren. Justus rief fünf Freunde an und bat sie, am nächsten Morgen nach zehn Uhr zurückzurufen, falls sie Octavians Aufenthaltsort ermittelt hatten. Dann riefen auch Bob und Peter jeweils fünf befreundete Jungen an. Als das erledigt war, wussten sie, dass jeder der fünfzehn ebenfalls herumtelefonieren werde. So breitete die Lawine sich immer weiter aus – bis zu Jungen und Mädchen in ganz Rocky Beach, Hollywood und Los Angeles.
Da die drei Detektive die Telefonlawine schon früher mit Erfolg benutzt hatten, waren die meisten der Angerufenen

mit dem Ablauf vertraut. Eifrig halfen sie mit, einen rätselhaften Fall aufzuklären, auch wenn sie Justus, Peter und Bob überhaupt nicht kannten.
Justus lud Gus ein, über Nacht dazubleiben, statt in sein Hotel nach Hollywood zurückzugehen, und Gus nahm gern an. Peter und Bob schwangen sich auf ihre Räder und fuhren heim. Ein Stück weit hatten sie denselben Weg.
»Glaubst du, wir werden diesen Octavian finden?«, fragte Peter unterwegs.
»Wenn nicht, dann gibt es eines Tages irgendwo eine tolle Überraschung«, antwortete Bob. »Ich meine, wenn sie die Figur im Garten aufstellen und der Regen den Gips allmählich auflöst, dann finden sie eines schönen Morgens einen unbezahlbaren Rubin mitten auf dem Rasen.«
»Und wenn sie die Büste im Haus haben, schmeißen sie sie irgendwann raus, und der Rubin landet auf dem Müllplatz«, unkte Peter. Ihre Wege trennten sich, Bob fuhr das letzte Stück allein.
Zu Hause stand sein Vater mit verärgerter Miene am Telefon. »Die ganze Zeit will ich die Redaktion anrufen«, sagte Mr Andrews. »Aber alle Leitungen sind seit einer halben Stunde ununterbrochen belegt – was weiß ich, warum. Es scheint kaum möglich, aber es ist so.«
Bob kannte die Ursache, aber er hielt es für besser, die Telefonlawine nicht zu erwähnen. Immer wenn sie eine Lawine starteten, war das Leitungsnetz mit einem Schlag überlastet.
Bob ging zu Bett, aber es dauerte noch eine Weile, bis er einschlafen konnte. Und dann hatte er aufregende Träume

von berittenen indischen Kriegern – und alle trugen einen Stockdegen als Waffe …

Als er aufwachte, stand die Sonne hoch am Himmel, und von unten duftete es nach gebratenem Frühstücksspeck. Er zog sich hastig an und sprang die Treppe hinunter. Seine Mutter war in der Küche. »Morgen, Mama!«, sagte er. »Gibt es was Neues von Justus?«

»Lass mich mal überlegen …« Seine Mutter legte einen Finger ans Kinn und tat, als denke sie konzentriert nach. »Ja, er hat etwas hinterlassen. War es vielleicht das: ›Wenn der Hund mit der Wurst übern Eckstein springt und der Storch in der Luft den Frosch verschlingt‹?«

Bob runzelte die Stirn. Dieser Vers hörte sich nun wirklich nicht nach dem Nachrichtencode an, den Justus ausgearbeitet hatte. Dann sah er seine Mutter lächeln und merkte, dass sie Spaß gemacht hatte. »Och, Mami!«, sagte er. »Was war's denn nun wirklich?«

»Ja – ich muss schärfer nachdenken«, meinte seine Mutter. »Es hieß so: ›Raus aus den Federn, Beine in die Hand / Drei auf den Posten, Eins über Land.‹ Also, weißt du, Robert, könntet ihr drei euch nicht auch in normaler Sprache verständigen?« Dann setzte sie hinzu: »Na ja, so macht es wohl mehr Spaß. Ich will gar nicht wissen, was es bedeutet, aber ich ahne, dass ihr wieder mit einem eurer sogenannten Fälle beschäftigt seid.«

»Stimmt, Mama«, sagte Bob geistesabwesend und setzte sich an den Frühstückstisch. ›Beine in die Hand‹ wies ihn an, so schnell wie möglich zum Schrottplatz zu kommen, aber es bedeutete keinen unmittelbaren Alarm. ›Drei auf den Posten,

Eins über Land‹ hieß, dass Bob, der dritte Mann, in der Zentrale für den Telefondienst gebraucht wurde, weil Detektiv Nummer Eins weggegangen war. Aber wohin mochte Just an diesem Morgen gegangen sein?

»Eine dürftige Antwort«, fand seine Mutter. Sie stellte ihm einen Teller mit Speck, Spiegeleiern und Toast hin. »Nichts als ›Stimmt, Mama‹!«

»Oh, entschuldige bitte.« Bob schreckte aus seinen Gedanken auf. »Ich meinte, du hast recht, wir haben da einen Fall. Wir suchen die Büste eines römischen Kaisers namens Octavian, die irrtümlich verkauft wurde. Sie gehört Gus, einem jungen Engländer, und wir versuchen herauszufinden, wo sie ist.«

»So ist's recht«, meinte seine Mutter. »Aber iss deine Eier nur auf. Eine Büste läuft nicht weg. Das ist das Gute bei Statuen – sie bleiben hübsch an ihrem Platz.«

Bob konnte ihr die Problematik dieser Büste nicht erklären. Nun, das Frühstück schmeckte trotzdem. Doch dann radelte er so schnell er konnte zum Schrottplatz. Er traf Mrs Jonas im Büro, Patrick und Kenneth räumten im Hof auf.

»Guten Morgen, Bob«, begrüßte ihn Mrs Jonas. »Justus und Peter und der Junge aus England sind vor einer halben Stunde mit den Rädern weggefahren. Justus hat dir eine Nachricht hinterlassen – dort drüben bei seinen Apparaten.«

Bob lief schleunigst zur Werkstatt. An der Abzugspresse lehnte ein Stück Karton: »Bob! Übernimm die Wache. Wir sind auf Fährtensuche. Erster Detektiv J. Jonas.«

›Übernimm die Wache‹ – das bedeutete Ausharren am Telefon, falls jemand von der Telefonlawine etwas zu melden hatte. Aber wo konnten Justus und die anderen beiden nur sein auf ihrer Fährtensuche?, fragte sich Bob, während er durch Tunnel II kroch und in die Zentrale stieg.

Als er die Falltür hochdrückte, hörte er das Telefon klingeln. Auf seiner Uhr war es fünf Minuten vor zehn. So zeitig schon die erste Meldung! Bob stürzte zum Apparat und nahm den Hörer ab: »Drei Detektive, Bob Andrews hier«, keuchte er außer Atem.

»Hallo«, antwortete eine Jungenstimme. »Hier Tommy Farrell. Ich hab eine Neuigkeit für euch. Meine Schwester hat beim Altwarenhandel Jonas eine Figur gekauft, und die steht jetzt in ihrem Garten.«

»Was für eine Büste ist es denn?«, fragte Bob eifrig. »Ist es Octavian?«

»Zu dumm, das weiß ich nicht. Bleib mal dran – ich schau nach.« Bob wartete mit klopfendem Herzen. Sollte die Telefonlawine schon so früh Erfolg haben? Wenn Tommy Farrells Schwester Octavian besaß …

Da meldete sich der Junge wieder. »Nein, nicht Octavian«, sagte er. »Es ist Bismarck. Nützt euch das was?«

»Dank dir schön, Tommy«, sagte Bob enttäuscht. »Wir suchen nun mal Octavian. War aber nett, dass du angerufen hast.«

»Gern geschehen.« Es klickte in der Leitung, und Bob legte auf. Da es bis zum nächsten Anruf nichts zu tun gab, setzte er sich an die Schreibmaschine und tippte alle Notizen herunter, die er sich bis jetzt zu dem Fall gemacht hatte.

Als er fertig war, sah er auf die Uhr – es war fast Mittag. Anrufe waren keine mehr gekommen. Diesmal hatte sich die Telefonlawine nicht bewährt.

»Bob! Bob Andrews!« Mathildas kräftige Stimme drang durch die offene Dachluke. »Justus ist noch nicht da, aber das Essen ist fertig. Komm du nur und iss mit uns.«
»Ich komme sofort!«, rief Bob ins Mikrofon.
Er hatte schon die Falltür zu Tunnel II geöffnet, als das Telefon läutete. Er lief zurück, nahm den Hörer ab und sagte aufgeregt: »Hallo! Drei Detektive, Bob Andrews.«
»Ihr interessiert euch doch für eine Büste von Octavian«, antwortete eine Mädchenstimme. »Meine Mutter hat sie, und sie wollte sie im Garten aufstellen, aber jetzt meint sie, das Ding sehe doch recht komisch aus. Sie sagt, sie wolle es einem Nachbarn schenken.«
»Das darf sie nicht! Du musst eingreifen!«, rief Bob. »Die Firma Jonas legt Wert auf erstklassigen Kundendienst! Wir kommen so bald wie möglich zu euch und geben deiner Mutter ihr Geld zurück. Ich bringe auch eine andere Figur mit, vielleicht gefällt ihr die besser.«
Er notierte sich den Namen und die Anschrift – eine Straße in Hollywood, also ziemlich weit entfernt – und legte auf. Dann sah er besorgt auf die Uhr. Wenn Just sich nur beeilen würde! Nun wussten sie, wo Octavian zu finden war – aber wenn sie nicht schnell etwas unternahmen, könnten sie ihn wieder verlieren!

Eine Falle schnappt zu

Peter ging voran, als die drei Jungen schnaufend ihre Räder einen Hügel hinaufschoben. Dann öffnete sich der Mittags-Canyon vor ihnen. Der Canyon war eine enge Schlucht, ziemlich hoch im Bergland nordwestlich von Hollywood. Es gab nur eine unbefestigte Zufahrtsstraße, die hier endete. Und da, inmitten eines wuchernden Rasens, stand das Haus des verstorbenen Horatio August. Es war Justs Idee gewesen, zu dem Haus zu fahren. Er wusste nicht so recht, was sie eigentlich dort suchen sollten, aber er meinte, er müsse das Haus, in dem Gus' Großonkel gelebt hatte, einmal sehen.

Die Fahrt hatte länger gedauert, als sie angenommen hatten. Jetzt war schon fast Mittag. Über ihren Köpfen stand hoch und heiß die Sonne. Sie blieben stehen, um sich den Schweiß von der Stirn zu wischen und das verlassene Haus des Horatio August zu betrachten.

Es war ein Fachwerkbau: Erdgeschoss und zwei Stockwerke – ein imposanter Anblick in der sonst unbebauten Schlucht. Nichts rührte sich, nichts deutete auf Leben hin. Sie fuhren bis zur Haustür und legten ihre Räder ins Gras.

»Den Schlüssel haben wir nicht, aber irgendwie müssten wir schon reinkommen«, sagte Peter. »Schließlich hat uns Mr Dwiggins die Erlaubnis gegeben.«

»Wir könnten eine Fensterscheibe einschlagen und einsteigen«, schlug Gus vor.

»Wir wollen keinen Schaden anrichten, wenn es sich vermeiden lässt«, entgegnete Justus, »auch wenn das Haus bald abgerissen wird. Ich habe ein Schlüsselbund mitgebracht –« Er holte aus seiner Tasche ein umfangreiches Bund Schlüssel, die sich im Laufe der Jahre auf dem Schrottplatz angesammelt hatten.
»Vielleicht passt einer von diesen.«
Sie gingen die drei Stufen zur Haustür hinauf, und Peter drehte den Türknauf. Zu seiner Überraschung ging die Tür leicht und lautlos auf.
»Sie war offen!«, sagte er. »Nicht mal verriegelt.«
»Das ist merkwürdig«, stellte Justus stirnrunzelnd fest.
»Vielleicht hat Mr Dwiggins nicht abgeschlossen, als er gestern hier war«, meinte Peter. »Oder es war jemand anders. Tut auch nichts zur Sache – ein leeres Haus lässt man schon mal offen.«
Sie betraten eine dunkle Diele. Zu jeder Seite lagen zwei große Zimmer, verstaubt und leer bis auf ein paar Papierfetzen am Boden.
Justus ging in den Raum, der nach seiner Meinung das Wohnzimmer gewesen sein musste. Er schaute sich um, aber es war nicht viel zu sehen. Möbel gab es nicht. Die Wände waren mit dunklem Nussbaumholz getäfelt, das selbst unter der Staubschicht noch glänzte.
Nein, hier gab es wirklich nichts zu entdecken. Er drehte sich um und schlenderte über die Diele ins Zimmer gegenüber. Hier war offenbar die Bibliothek gewesen: An drei Wänden waren hohe Bücherregale eingebaut. Jetzt enthielten sie nur noch Staub.

Justus stand mitten im Raum und betrachtete die Regale. »Aha!«, sagte er schließlich.

»Was heißt hier ›Aha‹?«, fragte Peter. »Ich seh nichts Überwältigendes.«

»Wenn du jemals ein erstklassiger Detektiv werden willst, musst du dein Beobachtungsvermögen schulen«, sagte Just. »Sieh dir mal dieses Regalteil vor mir genau an.«

Peter sah angestrengt hin. »Ich seh nur Staub«, sagte er schließlich.

»Hier am Rand«, erklärte Justus, »steht es ein paar Millimeter über das nächste Teilstück hinaus. Das erscheint mir sehr beachtenswert.«

Er trat näher und zog an dem Regal. Langsam schwang es auf. Dahinter lag eine enge, dunkle Türöffnung.

»Eine Geheimtür in der Bücherwand!«, sagte Justus. »Und die war nicht ganz geschlossen.«

»Oho!«, rief Peter. »Wir haben was gefunden!«

»Wir hätten unsere Taschenlampen mitnehmen sollen«, meinte Justus. »Das war unüberlegt. Peter, geh und hol den Scheinwerfer von deinem Fahrrad.«

Peter war bald zurück und gab Just die Lampe – er hatte eine Fahrradbeleuchtung mit Batterieantrieb. »Ich nehme an, du willst zuerst rein«, sagte er.

»Da drin kann nichts Aufregendes sein«, meinte Justus. »Das Haus hat ja schon so lange leer gestanden.«

Peter war da nicht so sicher. Bei früheren Erkundigungsgängen waren sie auch schon auf Geheimkammern gestoßen und hatten recht unliebsame Überraschungen erlebt. Doch Just schaltete die starke Fahrradlampe ein und ging in den

kleinen Raum hinter dem Bücherregal. Peter und Gus folgten.
Nach drei Schritten blieben sie stehen. Es gab nichts Unheimliches in diesem Raum – er war völlig leer. Regale an den Wänden ließen vermuten, dass auch hier einmal Bücher aufbewahrt worden waren. Doch es waren keine mehr da.
»Nichts«, sagte Peter enttäuscht.
»Nichts?«, wiederholte Just fragend, und Peter sah sich noch einmal um. »Ich seh wirklich nichts.«
»Weil du das Falsche suchst«, erklärte Just. »Was du siehst, wirkt so normal und alltäglich, dass dein Gehirn nicht registriert, wie ungewöhnlich es in Wahrheit ist.«
Peter blinzelte. Er sah noch immer nichts. »Na gut, sag's schon. Was ist da so Besonderes, das ich nicht sehen kann?«
»Er meint die Tür hier«, sagte Gus. Da sah es Peter auch – einen gewöhnlichen runden Drehgriff und den unauffällig in die Wand eingelassenen Türrahmen. Die Tür war nicht etwa verborgen. Sie war ihm nur deshalb nicht aufgefallen, weil es in jedem Raum Türen gibt. Justus drehte schon den Knauf. Die schmale Tür ließ sich leicht öffnen, und im Lichtschein sahen sie eine Holztreppe abwärtsführen.
»Das sieht aus, als ginge es hier in den Keller«, sagte Justus. »Wir können es ja probieren – mal sehen, wo wir herauskommen.«
»Aber lass die Türen alle offen«, bat Peter eindringlich. »Ich möchte lieber keine geschlossenen Türen im Rücken haben.« Justus ging als Erster die Treppe hinunter, die beiden anderen folgten. Das Treppenhaus war so eng, dass sie mit den Schultern an der Holzwand streiften.

Am Fuß der Treppe blieb Justus stehen. Wieder versperrte ihnen eine schmale Tür den Weg. Sie ließ sich zur Treppe hin leicht öffnen. Die Jungen traten hindurch und fanden sich in einem kleinen Raum mit steinernen Wänden. Die Luft hier war kalt und feucht.

»Wir sind in einem Keller«, stellte Justus fest. Er leuchtete die Wände ab, und sie sahen viele sonderbare Regale mit schrägem Boden, mit denen Peter und Justus nichts anzufangen wussten. Gus jedoch erkannte, wozu sie gut waren.

»Das ist ein Weinkeller«, sagte er. »In diese Regale legt man die Weinflaschen. Sieh mal, da ist noch eine zerbrochene Flasche. Das war Onkel Horatios privater Weinkeller.«

Plötzlich durchfuhr Justus ein eisiger Schreck. Er schaltete die Lampe ab, und Dunkel umgab sie.

»Was ist denn, Just?« Peter dämpfte seine Stimme zu einem Flüstern.

»Pst – da kommt jemand! Da, seht!«

Ein Lichtstrahl leuchtete hinter der offen stehenden Tür auf, die zum Treppenhaus führte. Leise Stimmen waren zu hören.

»Kommt, nichts wie fort von hier!«, flüsterte Peter und griff hastig nach dem Türknauf.

In seiner Angst hatte er zu heftig angepackt – der Griff blieb ihm in der Hand. Die Stimmen und das Licht kamen näher. Peter tastete verzweifelt ins Leere, seine Finger fanden keinen Halt. Sie saßen in der Falle!

»Wir wissen, wo ihr steckt!«

Die Stimmen näherten sich. Schritte verhielten dicht vor dem Weinkeller. Der Lichtstrahl einer Taschenlampe drang durch das Dunkel jenseits der Türöffnung.

»Den Weinkeller haben wir schon durchsucht«, sagte eine tiefe Stimme. »Da müssen wir nicht mehr rein.«

»Das ganze Haus haben wir auf den Kopf gestellt«, entgegnete eine zweite, heiser klingende Stimme unwirsch. »Allein hier im Keller waren wir eine halbe Stunde lang. Jackson, wenn Sie uns hinters Licht führen wollen –«

»Das tu ich ja nicht, ich schwör's!«, sagte eine hohe Greisenstimme.

»Wenn es hier im Haus ist, hätten wir es finden müssen. Ich sagte es Ihnen doch: Ich kenne hier sonst kein Versteck mehr. Ich war schließlich zwanzig Jahre lang bei Mr Weston – das heißt bei Mr August im Dienst.«

Jackson! Peter spürte, wie Justus erstarrte. Mr Dwiggins hatte ein Ehepaar namens Jackson erwähnt – die einzigen Bediensteten von Horatio August.

»Es wäre besser für Sie, wenn Sie's genau wüssten«, sagte die erste Stimme. »Wir spielen hier nicht Verstecken. Hier geht es um 'ne Menge Geld, und wenn wir das Auge finden, sollen Sie Ihren Anteil haben.«

»Ich habe Ihnen alles gesagt, was ich weiß – ehrlich!«, sagte Mr Jackson mit kläglicher Stimme. »Er muss es irgendwo versteckt haben, als Agnes und ich nicht im Haus waren. Ich glaube, zuletzt traute er uns nicht mehr – und dabei waren wir in all den Jahren seine treuen Diener. Er wurde richtig komisch – als ob er glaubte, man spioniere ihm nach.«

»Er war gewitzt, und er traute überhaupt keinem. Wenn man einen Edelstein wie das Auge zu verbergen hat …«, sagte die andere, heisere Stimme. »Ich möchte aber zu gern wissen, was er im Sinn hatte, als er den unechten Stein in den Augustuskopf steckte.«

Die Jungen lauschten angespannt – fast hätten sie ihre gefährliche Situation darüber vergessen. Wenn die Männer, die da redeten, über das falsche Feurige Auge Bescheid wussten, so konnte das nur bedeuten, dass sie Komplizen von Schwarzbart oder auch von Dreipunkt waren. Die nächsten Worte brachten Klarheit.

»Der arme Hugo! Er kam sich bestimmt nicht mehr schlau vor, als der Kerl mit den drei Punkten ihn fertigmachte.« Der Mann mit der rauen Stimme lachte hämisch.

Der Ton und das Lachen ließen Peter frösteln. Er musste an die glänzende Klinge mit dem roten Fleck denken.

»Lass doch Hugo«, entgegnete die tiefe Stimme. »Warum war in dem Augustuskopf ein unechter Rubin? Ich wette, da wollte jemand eine falsche Spur legen. Ich glaube, der Stein ist hier im Haus versteckt.«

»Wenn das stimmt und Sie ihn finden wollen, müssen Sie das Haus abreißen«, meldete sich Mr Jackson. »Ich schwöre Ihnen, dass ich hier keinen Platz mehr weiß, wo man noch suchen könnte. Bitte lasst mich zu meiner Frau nach San

Francisco zurück. Ich hab doch getan, was ich konnte – ich hab alles versucht.«

»Das müssen wir uns erst überlegen«, meinte der Heisere. »Vielleicht lassen wir Sie frei. Aber einen hätte ich mir gern noch vorgeknöpft: dieses neunmalkluge Dickerchen vom Schrottplatz. Ich hab mich nach ihm erkundigt – es heißt, der Junge habe ein Gehirn wie ein Computer, auch wenn er aussieht wie ein Dummkopf. Ich fress einen Besen, wenn der nicht viel mehr weiß, als er sagt.«

»Na schön, aber wir kriegen ihn ja nicht«, sagte der Brummige. »Oder vielleicht doch … Na, kommt, wir gehen rauf und überlegen, was wir jetzt machen.«

»Und die Geheimtreppe und die Kammer?«, fragte der Heisere.

»Die sollten wir uns noch mal vornehmen. Da muss doch was dahinterstecken.«

»Viel zu auffällig gemacht«, wehrte der Brummige ab. »Jackson hat schon recht, das war wirklich nichts als ein gewöhnlicher Zugang zum Weinkeller von der Bibliothek aus. Stimmt's, Jackson?«

»Ja, wirklich«, sagte Mr Jackson. »Vor zwanzig Jahren richtete Mr August die Bücherwände ein, und zum Spaß baute er ein Regal als Geheimtür zur Treppe aus. Aber er hat sie nur dazu benutzt, um abends in seinen Weinkeller hinunterzusteigen. Er sagte immer, dass er als Junge in England davon geträumt habe, einmal in einem großen Haus mit einer Geheimtreppe zu wohnen.«

»Da habt ihr's«, pflichtete der Brummige bei. »Los, gehen wir rauf. Der dunkle Keller hier macht mich noch ganz trübsin-

nig.« Das Licht entfernte sich, und die drei Jungen hörten Schritte die Holztreppe hinaufpoltern. Dann fiel eine Tür ins Schloss. Sie waren wieder allein im Keller.
»Au Backe«, sagte Peter. »Ich dachte schon, jetzt seien wir dran. Das hörte sich ja nach recht unangenehmen Zeitgenossen an.«
»Und ob!«, rief Gus. »Habt ihr gehört, wie der eine lachte, als er erzählte, wie Dreipunkt mit seinem Kollegen umgesprungen ist?«
»Was meinst du, Just – wer waren die Burschen?«, fragte Peter. »He, Just – träumst du, oder was ist?«
Justus zuckte zusammen und war wieder da.
»Ich hab nachgedacht«, erklärte er. »Die beiden Männer haben sicher durch Mr Jackson von dem Feurigen Auge gehört und ihn gezwungen, ihnen bei der Suche zu helfen. Sie wollen Dreipunkt zuvorkommen.«
Peter nickte. »Aber wie kommen wir hier wieder raus? Wir sitzen in der Falle.«
»Am sichersten wird sein, wir warten, bis sie gegangen sind. Wir wollen aber die andere Kellertür suchen, damit wir uns im günstigsten Moment befreien können.«
Just ging voran, und sie kamen wirklich in einen großen, quadratischen Kellerraum mit niedriger Balkendecke. Fenster gab es keine. An einer Wand stand ein großer Öltank, daneben der Heizungskessel. Sonst war nicht viel zu sehen – außer einer Holztreppe, die zu einer Tür emporführte. Auf Zehenspitzen stiegen sie hinauf. Vorsichtig drehte Just am Türgriff. Er bewegte sich, aber die Tür wollte sich nicht öffnen. Justus rüttelte leicht daran und gab es dann auf.

»Sie ist von der anderen Seite verriegelt«, stellte er fest. »Wir sind eingeschlossen.«
Einen Augenblick lang waren sie alle still. Wenn sie in dem Keller eingeschlossen waren und die Männer oben weggingen und sie hier zurückließen – wer konnte sagen, wann wieder ein Mensch herkommen würde? Es konnte Tage dauern, vielleicht sogar so lange, bis die Bauarbeiter kommen würden, um das Haus abzureißen.
Justus brach das Schweigen. »Da wäre noch die Tür zur Geheimtreppe«, sagte er.
»Aber der Griff ist doch ab«, widersprach Gus. »Ich hörte, wie er auf der anderen Seite runterfiel. Die Tür geht doch dann nicht auf, oder, Peter?«
»Nein – ich wüsste nicht wie.«
»Vielleicht weiß ich es«, meinte Justus.
Sie folgten ihm wieder zurück in den Weinkeller. Peter richtete den Lichtkegel auf den Punkt, wo der Drehknopf fehlte. Just holte sein Schweizer Taschenmesser heraus, das sein ganzer Stolz war. Er klappte einen kleinen Schraubenzieher aus. »Wenn an einer Tür der Knopf fehlt, kann man oft mit einem Schraubenzieher aufschließen«, erklärte er. Er schob das Ende des Schraubenziehers in die Öffnung, in der sonst der Schaft des Drehgriffes steckte. Das flache Ende des Werkzeugs griff innen an. Justus drehte, der Sperrriegel bewegte sich, und die Tür ging auf.
»Es ist ein ganz simpler Trick, aber im Notfall recht praktisch«, meinte Justus, während er auf den Treppenabsatz hinaustrat.
In diesem Augenblick blitzte von oben ein heller Schein he-

runter. Justus stand geblendet im vollen Licht. Er blinzelte, aber er konnte überhaupt nichts sehen.
»Aha!«, dröhnte die Stimme des Brummigen zu ihnen herunter. »Wir wussten doch, dass ihr Bürschchen noch da seid. Gerade haben wir eure Fahrräder entdeckt. Also los, kommt rauf. Aber leise, sonst geht's euch an den Kragen!«

Justus im Verhör

Justus reagierte nicht auf den lauten Befehl. Er bückte sich und tastete den Fußboden nach dem Türgriff ab, der auf dieser Seite der Tür herabgefallen war. Als er sich dabei umdrehte, stieß er gegen die offene Tür und warf sie ins Schloss.

Schon polterten zwei Männer die Stufen herunter.

»Fass ihn, Charlie!«, rief der Brummige. »Das ist Dickerchen! Den wollen wir uns vornehmen!«

Justus kam nicht dazu, über diese Anrede gekränkt zu sein. Starke Hände pressten ihm die Arme flach an den Körper. Dann wurde er vorn am Hemd gepackt und die Treppe heraufgezerrt.

Im Weinkeller hörten Peter und Gus das Poltern und Schleifen und das Stimmendurcheinander. Sie sahen einander entsetzt an.

»Sie haben unseren Chef geschnappt!«, sagte Peter düster.

»Aber er wehrt sich seiner Haut«, stellte Gus fest, als sie einen der Männer vor Schmerz aufstöhnen hörten. Plötzlich verstummten die Kampfgeräusche. Durch die geschlossene Tür drang Justs Stimme gedämpft zu ihnen. »Also gut, ich komme mit. Sie sind in der Überzahl, und Widerstand würde den unvermeidlichen Ausgang nur hinauszögern.«

»Wie?«, hörten sie den Heiseren. »Was sagst du da?«

»Er sagt, er gibt auf, weil er weiß, dass er's nicht schafft«, er-

klärte ihm der Brummige. »Na schön, Dickerchen, also rauf mit dir. Und keine falsche Bewegung, sonst bist du erledigt.«
»Und die anderen zwei?«, fragte der Heisere.
»Die schließen wir da unten ein«, entschied der Brummige. »Das hier ist der Bursche, mit dem wir reden wollen.«
Peter und Gus hörten, wie der Türriegel energisch vorgeschoben wurde. Sie waren eingeschlossen. Dann waren Schritte zu hören – die Treppe hinauf und quer durch den oberen Raum.
»Er hat aufgegeben«, sagte Gus deprimiert.
»Weil er wusste, dass er nicht mit beiden fertigwerden würde«, verteidigte Peter seinen Freund.
»Und jetzt halten sie ihn oben gefangen und uns unten«, stellte Gus fest. »Beide Türen sind verriegelt. Wir kommen nicht heraus.«
»Just wird uns irgendwie befreien«, meinte Peter überzeugt.
Aber Justus war nicht einmal in der Lage, sich selbst zu helfen – geschweige denn anderen. Der Brummige drehte ihm den Arm auf den Rücken und schob ihn vor sich her in die Küche, wo das einzige Möbelstück stand, das sich noch im Haus befand: ein wackliger alter Armsessel aus Holz.
Der Mann mit der Brummstimme war klein und ziemlich dick. Der Heisere war groß und vierschrötig. Beide trugen Hornbrillen und schwarze Schnurrbärte – eine Maskierung, die an den zuerst aufgetauchten Schwarzbart erinnerte. Offenbar gehörten sie alle derselben Bande an.
Der Brummige steuerte Justus zu dem Stuhl und drückte ihn auf den Sitz nieder. »Hinterm Haus hängt eine Wäscheleine«, sagte er zu seinem Komplizen. »Hol sie her.«

Der andere ging zur Küchentür hinaus. Sein Kollege durchsuchte Justus rasch und geschickt und fand das kostbare Messer. »Sehr schön«, sagte er. »Genau das Richtige, falls wir dir ein Ohr oder gar beide abschneiden müssen.«

Justus schwieg. Der Brummige machte keinen ungehobelten Eindruck und sah eigentlich nicht aus wie ein Gauner. Eher war der Heisere ein Gangstertyp. Aber man merkte deutlich, dass der Brummige den Ton angab. In der Tür erschien ein kleiner, nervös wirkender Mann mit grauem Haar und goldgefasster Brille. Das musste Mr Jackson sein.

»Hören Sie, Sie dürfen ihm nichts tun«, sagte er ängstlich. »Sie haben mir versprochen, keine Gewalt anzuwenden und niemanden in Gefahr zu bringen.«

»Verschwinden Sie!«, herrschte ihn Justs Bewacher an. »Hier ist keine Gewalt nötig – natürlich vorausgesetzt, dass Dickerchen uns keine Scherereien macht. Raus jetzt!«

Der alte Mann ging in den angrenzenden Raum zurück. Der Heisere kam mit einer Wäscheleine wieder, und die beiden Männer fesselten den Ersten Detektiv an den Sessel. Sie banden seine Arme an den Armlehnen, seine Beine an den vorderen Beinen und seinen Oberkörper an der Rückenlehne des Stuhls fest. Just konnte sich kaum noch bewegen.

»So, mein Junge«, sagte der Brummige, »nun können wir uns unterhalten. Wo ist der Rubin?«

»Ich weiß es nicht«, antwortete Justus. »Wir suchen ihn selbst.«

»Er ist widerspenstig, Joe«, sagte der andere Mann. Er nahm Justs Messer von der Fensterbank und öffnete eine blitzende Klinge. »Damit werd ich ihn mal ein bisschen kitzeln. Wet-

ten, dass er dann in Stimmung kommt und uns die richtigen Antworten gibt?«
Joe wehrte ab. »Überlass ihn mir. Vielleicht weiß er es wirklich nicht. Aber ich wette, er weiß ein paar andere Sachen. Also, Dicker, raus mit der Sprache. Warum war der Stein in der Büste von Augustus eine Fälschung?«
»Genau weiß ich das auch nicht«, sagte Justus. Er hatte es sich überlegt: Warum sollte er nicht antworten? Er wusste nicht, wo das Feurige Auge war – zumindest hatte er keine Ahnung, wo sich die Octavian-Büste mit dem Stein befand. Und wenn er das den beiden Männern klarmachen konnte, würden sie ihn vielleicht freilassen. »Ich glaube, Mr August hat den falschen Stein in Augustus versteckt, um jemand in die Irre zu führen. Er wollte diesen Jemand glauben lassen, er habe den richtigen Stein gefunden. Deshalb machte er es ihm leicht.«
»Und wohin hat er den echten Stein getan?«, fragte Joe mit der Brummstimme.
»In eine andere Büste«, sagte Justus. »Eine, auf die man nicht so schnell kommen würde. Die Büste von Octavian.«
»Wie – Octavian?«, fragte Charlie, der Heisere. »Und warum gerade Octavian?«
»Aber natürlich!«, rief Joe dazwischen. »Octavian war ein römischer Kaiser, den das Volk Augustus nannte. Augustus – August – merkst du was?«
»Na ja …« Charlie kratzte sich am Kopf. »So langsam begreife ich. Also, Kleiner, sag's schon: Wo ist Octavian?«
»Ich weiß nicht«, erwiderte Justus. »Meine Tante hat ihn verkauft, aber sie notiert sich die Namen und Adressen der

Käufer nicht. Irgendeiner in Los Angeles oder Umgebung wird ihn haben.« Joe starrte ihn an. Geistesabwesend strich er über seinen falschen Schnurrbart. »Das hört sich an, als ob du die Wahrheit sagst«, meinte er. »Aber ich habe noch eine Frage. Wenn du glaubst, dass der Rubin in dem alten Octavian steckt, warum sucht ihr den dann nicht? Warum seid ihr in dieses Haus gekommen?« Darauf zu antworten, war schwieriger. Schließlich war Just nur einer Eingebung gefolgt, als er beschlossen hatte, sich Mr Augusts Haus anzusehen.

»Da ich nicht wusste, wo wir Octavian suchen sollten«, erklärte er, »kam ich darauf, einfach das Nächstbeste zu tun und dieses Haus hier zu durchsuchen. Vielleicht war das falsch und vielleicht hat Mr August den Rubin auch überhaupt nicht in Octavian versteckt.«

»Doch, das glaube ich schon«, murmelte Joe. »Es wäre logisch. Der geheimnisvolle Brief legte eine falsche Spur zu dem ersten Augustus. Aber wer sich in der Geschichte einigermaßen auskennt, würde danach auf Octavian kommen. Und der alte Herr nahm an, dass sein Großneffe das kapieren würde. Also müssen wir Octavian finden, ehe uns jemand zuvorkommt.«

»Und wie sollen wir das machen?«, wollte Charlie wissen. »Er könnte praktisch überall hier oder in Los Angeles sein. Ein Leben lang könnten wir nach ihm suchen.«

»Das ist ein Problem«, stimmte der andere zu. Er schaute Justus durchdringend an. »Aber es ist nicht unser Problem. Das ist was für Dickerchen. Wenn er hier von diesem Stuhl runterwill, soll er sich gefälligst den Kopf zerbrechen, wie wir Octavian finden können. Na, Bürschchen, was meinst du dazu?«

Justus schwieg. Er hätte ihnen von der Telefonlawine erzählen können. Aber das wollte er sich für den äußersten Notfall aufsparen.

»Ich habe keine Ahnung, wo Octavian ist«, sagte er und versuchte, demütig zu wirken. »Wenn ich das wüsste, hätte ich schon versucht, ihn wiederzubekommen.«

»Dann lass dir nur bald was einfallen«, riet Charlie in recht unangenehmem Ton. »Es heißt doch, du seist so fix im Denken. Also streng dein Hirn ein bisschen an. Wir können den ganzen Tag warten, wenn es sein muss. Und auch noch die Nacht dazu. Wenn du loskommen und deine Freunde aus dem Keller holen willst, dann rück mit einer guten Idee heraus!«

Justus hatte weder eine gute noch überhaupt eine Idee. Er überlegte schnell. Bob müsste sich denken können, wo sie waren. Wenn sie nicht zurückkamen, würde er schließlich mit Patrick oder Kenneth und vielleicht auch noch mit Mr Jonas herkommen. Früher oder später müssten sie also befreit werden. Aber das konnte noch lange dauern, weil ja Bob die Anweisung hatte, am Telefon zu bleiben.

Justus entschied sich dennoch fürs Abwarten. Vielleicht wurde Bob –

Da erschien der kleine Mr Jackson im Türrahmen. »Entschuldigen Sie«, sagte er verwirrt, »aber das Funkgerät – ich glaube, Ihre Freunde wollen Sie sprechen. Ich hörte, wie jemand nach Joe rief –«

Joe fuhr herum. »Das Walkie-Talkie!«, rief er. »Charlie, hol das Ding her. Das muss Hugo sein. Vielleicht ist bei ihm was Besonderes los.«

Charlie lief aus dem Zimmer. Justus fand kaum Zeit, sich zu wundern, wieso Hugo wieder sprechen konnte, wo er doch Dreipunkts Klinge zu spüren bekommen hatte. Charlie kam sofort zurück. Er brachte ein großes tragbares Funksprechgerät mit, gewiss viel leistungsfähiger als die kleineren Geräte, die Just für sich, Bob und Peter gebastelt hatte. Für einen solchen Apparat brauchte man schon eine Lizenz. Charlie und Joe schien das allerdings wenig zu bekümmern.

»Ja, es ist wirklich Hugo«, sagte Charlie. Er drückte auf einen Knopf. »Hugo«, sagte er, »hier Charlie. Kannst du mich hören? Bitte kommen. Bitte kommen.«

Er ließ den Knopf los, und im Walkie-Talkie summte es. Dann war aus weiter Entfernung eine krächzende Stimme zu hören. »Charlie! Wo warst du? Seit zehn Minuten versuche ich dich hereinzubekommen.«

»Wir waren beschäftigt. Was gibt es Neues?«

»Hier tut sich einiges. Der blonde Junge, der kleinere, ist gerade vom Schrottplatz weggefahren. In einem Lastwagen mit einem von den Lagerarbeitern. Sie fahren in Richtung Hollywood. Wir folgen ihnen.«

Justs Herz tat einen Sprung. Bob suchte sie also. Bald würde er mit Kenneth oder Patrick hier sein, und dann –

Aber die nächste Frage und Antwort machten seine Hoffnungen zunichte.

»Kommen sie hierher?«

»Nein, sie fahren in die Stadt. Sie wissen nicht, dass wir hinter ihnen sind.«

»Pass auf, wohin sie fahren«, befahl Charlie seinem Partner. »Das kann jetzt sehr wichtig sein.« Er sah zu Joe hinüber. »Hast du noch was für Hugo?«

»Ja, hab ich. Ich wette, der Junge hat es auf Octavian abgesehen. Irgendwie hat er einen Fingerzeig bekommen. Sag Hugo, er soll achtgeben, ob sie eine Gipsfigur aufladen. Wenn ja, muss er sie ihnen irgendwie abluchsen!«

Charlie wiederholte den Auftrag ins Walkie-Talkie und beendete das Gespräch.

»Na also«, sagte er. »Das hätten wir. War 'ne erstklassige Idee von dir, Joe, dass wir uns die Dinger da zulegten. Sie haben sich bestimmt schon bezahlt gemacht – große Klasse. So, mein Kleiner« – er schob sein grinsendes Gesicht ganz dicht vor Justs Augen –, »und jetzt wollen wir mal abwarten, was sich tut.«

Bob auf frischer Fährte

Bob hatte so lange auf Just und Peter gewartet, wie er es verantworten konnte. Die Anruferin hatte gesagt, er solle sich eilen, falls er die Octavian-Büste holen wolle. Und jetzt, am späten Nachmittag, war von den beiden Detektiven noch nichts zu sehen. Vielleicht verfolgten sie eine neue Spur? Bob entschied schließlich, dass er nicht länger warten könne. Er musste diese Sache selbst in die Hand nehmen.

Mrs Jonas erlaubte ihm, mit Patrick in dem kleinen Lastwagen loszufahren. Außerdem gab sie ihm fünf Dollar Vorschuss, die er auf dem Schrottplatz noch abarbeiten würde. Und als er ihr erklärte, dass ein Kunde wegen seiner Büste reklamiert habe, sie aber eventuell gegen eine andere eintauschen würde, durfte er schließlich auch noch die Büste von Francis Bacon mitnehmen.

Patrick schleppte die Figur zum Wagen und hüllte sie in Tücher. Bob lud noch einen stabilen Pappkarton und viel Zeitungspapier auf, damit sie später die begehrte andere Büste gut verpacken konnten. Dann fuhren sie los.

Die Fahrt zu der Adresse am Stadtrand von Hollywood dauerte etwa fünfundvierzig Minuten. Der Weg führte über viel befahrene Straßen durch hübsche Wohngegenden. Der Verkehr war so lebhaft, dass weder Bob noch Patrick den dunkelblauen Wagen bemerkten, der ihnen folgte. Zwei

Männer saßen darin, beide trugen wuchtige Hornbrillen und schwarze Schnurrbärte.
Jetzt nahm Patrick das Gas weg, und Bob schaute nach den Hausnummern. »Hier ist es!«, rief er gleich darauf. »Bitte anhalten, Patrick.«
»Machen wir«, brummte Patrick. Er bremste, und Bob sprang vom Wagen. In einiger Entfernung hielt auch das blaue Auto, und die beiden Insassen beobachteten aufmerksam alles, was nun vor sich ging.
Patrick stieg aus und hob Francis Bacon vom Wagen. Mit der Büste unterm Arm folgte er Bob zur Haustür. Ein hübsches Mädchen mit Sommersprossen öffnete.
»Du bist von den drei Detektiven!«, rief sie, und Bob stellte befriedigt den Ton heimlicher Bewunderung fest. »Und du bist hinter der Octavian-Büste meiner Mutter her, und dahinter steckt irgendetwas Ungewöhnliches – wahrscheinlich ein Geheimnis, nicht wahr? Komm nur herein. Mit Müh und Not konnte ich sie davon abhalten, Octavian wegzugeben – schließlich habe ich ihr erklärt, dass er aus gefährlichem radioaktivem Material bestehe und dass ihr vom Geheimdienst seid und ihn sicherstellen müsst.«
All das sprudelte das Mädchen so überstürzt heraus, dass Bob ein wenig Mühe hatte, ihr zu folgen. Patrick konnte nur blinzeln. Aber das Mädchen führte sie schon hinters Haus zu einem hübschen, fliesenbelegten Innenhof mit einem Springbrunnen in der Mitte. Bobs Herz schlug schneller: Die Octavian-Büste stand in einer Ecke und sah unter einem großen Rosenstrauch ziemlich komisch aus.
Eine schlanke Dame beschnitt gerade den Strauch. Sie

wandte sich um, doch das Mädchen sprach zuerst. »Mutter, das sind die drei Detektive, von denen ich dir erzählt habe – das heißt, das hier ist einer von ihnen mit einem Mitarbeiter. Er will Octavian abholen und dich von der gefährlichen Gipsfigur befreien.«

»Nehmt Lisa bloß nicht ernst.« Die Frau lächelte. »Sie lebt in ihrer eigenen Welt voll geheimnisvoller Spione und Verbrecher. Ich glaube ihr kein Wort davon, dass Octavian radioaktiv ist, aber er macht sich hier wirklich nicht gut, und da wollte ich ihn verschenken. Doch ich habe auf euch gewartet, weil Lisa sagte, es sei sehr wichtig für euch, ihn wiederzukriegen.«

»Vielen Dank«, sagte Bob. »Octavian wurde gewissermaßen aus Versehen verkauft. Wenn Sie dafür gern eine andere Büste hätten – wir haben hier Francis Bacon mitgebracht.«

»Nein, danke«, lehnte die Dame ab. »Erst dachte ich, eine Büste könnte hier im Hof originell wirken. Aber jetzt merke ich, dass es doch nicht so gut aussieht, wie ich mir das vorgestellt hatte.«

»Dann zahlen wir Ihnen Ihr Geld zurück«, sagte Bob. Er zog den Fünfdollarschein aus der Tasche und reichte ihn der Dame.

»Das ist wirklich sehr anständig«, meinte sie. »Ihr könnt Octavian mitnehmen. Ich werde wohl für die Ecke hier eine italienische Keramikvase besorgen.«

»Kannst du beide Büsten tragen, Patrick?«, fragte Bob.

»Ich hab zwei Hände, da werd ich auch zwei Büsten tragen können«, antwortete Patrick. »Das ist doch kinderleicht.« Er klemmte sich den kostbaren Octavian unter den linken Arm. »Und was jetzt, Bob?«

»Wir tragen ihn hinaus und packen ihn in den Karton«, ordnete Bob an. »Gut verschnüren müssen wir ihn auch noch. Und dann –«

»Müsst ihr denn gleich wieder gehen?«, fragte Lisa. »Ich bin nämlich noch nie einem echten Detektiv begegnet, und ich möchte dich hundert Sachen auf einmal fragen.«

»Na ja –« Bob zögerte. Es machte Spaß, Lisa so reden zu hören. Und wenn ihr Interesse an rätselhaften Fällen und detektivischen Ermittlungen tatsächlich so groß war ... »Geh schon voraus und pack Octavian ein, Patrick«, sagte er. »Ich komm gleich nach. Mach's gut!«

»Na klar, Bob«, versicherte Patrick. Mit einer Büste unter jedem Arm stapfte er davon und überließ Bob Lisa, die pausenlos Fragen auf ihn abfeuerte, ohne die Antworten abzuwarten.

Behutsam legte Patrick die beiden Büsten auf die Ladefläche des Lastwagens. Dann machte er sich daran, sie so sorgfältig zu verpacken, wie Bob befohlen hatte. Jede seiner Bewegungen wurde von den zwei Männern im Wagen beobachtet. Der eine, Hugo, hielt seine Komplizen in Horatio Augusts Haus über den Bergen auf dem Laufenden.

»Der große Kerl packt gerade die Büste ein«, meldete er erregt über das Walkie-Talkie. »Es muss Octavian sein – wegen einer anderen Figur wäre der Junge nicht extra hierhergekommen. Er ist noch im Hof. So – der Große hat ein schönes, sauberes Paket daraus gemacht. Jetzt wartet er, bis der Junge kommt.«

An den Stuhl in der Küche gefesselt, hörte Justus jedes Wort mit. Joe bellte seine Befehle zurück.

»Holt die Kiste vom Wagen!«, sagte er. »Wartet mal – ich hab eine Idee. Ihr täuscht einen Unfall vor. Hugo, du läufst vor den Wagen, wenn er startet, und tust, als hätte er dich angefahren. Dazu schreist und stöhnst du. Dann steigen der Mann und der Junge aus und schauen nach, was dir passiert ist, und –«

»Halt, halt!«, unterbrach ihn Hugos Stimme aus der Ferne. »Ist nicht mehr nötig. Der große Bursche geht noch mal zurück. Der Wagen ist nicht mehr bewacht. Frank und ich gehen jetzt ran.« Das Gerät schwieg. Justus stöhnte innerlich. Kaum hatte Bob den Octavian aufgespürt, da sollten sie die Büste wieder verlieren!

Patrick ging zum Haus zurück. Bob und Lisa unterhielten sich noch im Hof – das heißt, Bob kam nur höchst selten zu Wort.

»Hör mal, könntet ihr eigentlich keine weibliche Assistentin gebrauchen?«, fragte Lisa eifrig. »Bei manchen Ermittlungen doch sicher! Es gibt Situationen, in denen ein Mädchen sich sehr nützlich machen könnte. Ruft mich dann einfach an. Ich bin schauspielerisch ungeheuer begabt. Ich kann mein Gesicht mit Schminke total verändern und meine Stimme verstellen und –«

»Entschuldige, Bob«, brummte Patrick dazwischen. »Ich wollte dich nur daran erinnern, dass die Chefin gesagt hat, wir sollten nicht zu lang mit dem Wagen wegbleiben.«

»Aber klar, Patrick!«, rief Bob. »Tut mir leid, Lisa, aber ich muss gehen. Vielleicht brauchen wir mal eine weibliche Hilfe. Wenn, dann ruf ich dich an.«

»Hier hast du meine Telefonnummer.« Lisa kritzelte etwas

auf eine Karte und lief ihm nach. »Da – Lisa Logan, so heiße ich. Ich freu mich, wenn du mal anrufst. Himmel, ich kann's kaum erwarten, bis ich bei einer richtigen Ermittlung mitmachen darf!« Bob nahm die Karte und kletterte auf den Beifahrersitz. Den blauen Wagen, der sie eben überholte, bemerkte er überhaupt nicht. Er dachte an Lisa – sie schien wirklich auf Draht zu sein, und vielleicht könnte ihnen ein Mädchen doch einmal gute Dienste leisten. Justus hatte zwar für Mädchen wenig übrig, aber wenn sich je eine günstige Gelegenheit bieten sollte, dann würde Bob vorschlagen, Lisa Logan anzurufen. Sie winkte, und er winkte zurück, ohne auch nur einen Blick auf die Pritsche hinter sich zu werfen. So fuhren er und Patrick zum Schrottplatz zurück und ahnten nicht, dass sie den neugewonnenen Octavian schon wieder verloren haben sollten.

Justus allerdings wusste es. Im Walkie-Talkie begann es zu krachen, dann kam Hugos Stimme.

»Wir haben ihn!«, sagte Hugo. »Der Große ist noch mal zurückgegangen, und sobald er außer Sicht war, schnappten Frank und ich uns das Paket vom Lastwagen. Ich glaube, die wissen nicht mal, dass das Ding weg ist.«

»Gut gemacht!«, lobte Joe. »Bringt es zu unserem Versteck und öffnet es nicht, bevor wir kommen. Ende.«

»Verstanden. Ende.«

Das Walkie-Talkie verstummte. Joe beehrte Justus mit einem schiefen Grinsen. »So, mein Junge, ich glaube, wir haben's geschafft. Wir haben den Stein und brauchen dich nicht mehr auszufragen. Aber wir wollen auf Nummer sicher gehen. Ihr drei Burschen bleibt hier, bis der Stein geborgen ist und wir unsere Spuren verwischt haben. Ihr braucht euch keine Sorgen zu machen, ich rufe euren Freund an, damit er euch abholt – aber erst später. Vielleicht heute Abend.«

Er und Charlie gingen hinaus. Mr Jackson nahmen sie mit. Der schaute Justus noch einmal lange an, als bedaure er es, dass er nicht helfen konnte. Dann stiegen die drei in einen Wagen, der hinter dem Haus versteckt geparkt war, und fuhren weg.

Sobald sie fort waren, rief Justus laut: »Peter! Gus! Könnt ihr mich hören?«

»Bist du's, Just?« Peters Stimme drang gedämpft herauf. »Wie sieht's aus? Kannst du uns hier rauslassen? Die Batterie in unserer Lampe ist bald leer!«

»Tut mir leid, Nummer Zwei«, rief Justus zurück. »Ich bin selber in der Klemme. Sie haben mich verschnürt wie eine Mumie. Wir sitzen hier fest, und die Schwarzbärte haben Octavian!«

Unerwartete Entdeckungen

Justus saß an den Stuhl gefesselt und dachte nach. In Büchern gab es für Gefesselte immer eine Chance, freizukommen. Sie bekamen ein altes Messer zu fassen und rieben die Stricke sägend gegen die Klinge, bis sie zerschnitten waren. Eine Glasscherbe tat den gleichen Dienst. Immer ließ sich etwas finden.

Nur er hatte nichts. Sicher, da war sein Messer. Es lag auf dem Fenstersims, aber er kam nicht dran. Selbst dann hätte er es nicht öffnen können. Und wenn, wäre es ihm unmöglich gewesen, die Stricke an der Klinge durchzusägen – seine Arme waren ja getrennt an den Sessellehnen festgebunden.

Justus überlegte weiter. Den Hungertod hatte er wohl nicht zu befürchten, denn irgendwann würde jemand kommen. Aber es konnte lange dauern. Unter sich hörte er dumpfe Stöße. Peter und Gus warfen sich mit Schwung gegen die verriegelte Tür, um sie aufzubrechen. Jetzt vernahm er ihre Stimmen.

»He, Just – Just! Kannst du mich hören?«

»Ausgezeichnet sogar, Nummer Zwei«, antwortete Justus laut. »Macht ihr Fortschritte?«

»Ach wo. Die Tür hält was aus! Wir haben uns bloß die Schultern blau gestoßen. Du, hier unten ist's schrecklich dunkel.«

»Hab Geduld, Peter. Ich überlege, wie wir hier herauskommen können.«

»Prima, Chef. Aber überleg schnell! Ich glaube, hier gibt's Ratten.«

Justus biss sich zur Unterstützung seines Denkprozesses auf die Unterlippe. Ungeduldig rutschte er hin und her. Der Stuhl quietschte und ächzte.

Durchs Fenster konnte Justus sehen, wie die Zeit verging. Es war, als beobachte er einen Uhrzeiger. Der hohe spitze Berggipfel an der Westseite der Schlucht warf seinen Schatten auf die Grasfläche, und Just konnte fast zusehen, wie dieser Schatten immer länger wurde, je mehr die Sonne nach Westen wanderte und dabei sank.

Er bewegte sich wieder, um den Spielraum seiner Fesseln zu prüfen. Sie saßen ganz fest. Aber der Stuhl ächzte und quietschte. Da ging Justus ein superhelles Licht auf. Einmal hatte er auf einem knarrenden alten Stuhl gesessen, der unter seinem Gewicht zusammengebrochen war. Wenn er das mit diesem Sessel schaffen könnte …

Die drei ??? *Justus hatte soeben aufgrund seiner hervorragenden Beobachtungsgabe – hier akustisch – einen für sein augenblickliches Schicksal überaus nutzbringenden Geistesblitz. Doch leider, leider hat eine andere Beobachtung – optischer Natur – vorerst bei Justus noch keine weiteren Kombinationsprozesse freigesetzt. Wie steht's bei euch?*

Er fing an, seinen Körper so heftig wie möglich vor und zurück zu werfen. Die Rückenlehne bewegte sich, die Armstützen wackelten. Aber von Zusammenbrechen konnte nicht die Rede sein. Kurz entschlossen ließ sich Justus zur Seite fallen. Krachend stürzte er mitsamt dem Sessel zu Boden. Ein Stuhlbein war splitternd abgebrochen – das, woran sein rechtes Bein gefesselt war. Er trat kräftig in die Luft, und das Stuhlbein glitt aus den Seilschlingen, die jetzt nur noch lose um sein Bein hingen. Er hatte ein Bein frei! Mit dessen Hilfe richtete er sich halb auf und ließ den Sessel mit der Rückenlehne gegen den Fußboden krachen. Nun wälzte er sich herum und legte sein volles Gewicht auf die eine, schon gelockerte Armlehne. Sie knarrte und gab nach. Er ruckte noch einmal kräftig, und die Armlehne war los.

Nun konnte er an der rechten Lehne rütteln. Während er mit dem Sessel kämpfte und immer wieder krachend auf den Boden schlug, hörte er Peters entsetztes Rufen aus dem Keller. »Just! Was ist los? Was dröhnt da so?«

»Ich kämpfe mit einem widerspenstigen Stuhl«, antwortete Justus keuchend. »Und ich glaube, ich siege. Noch ein paar Minuten!« Er mühte sich, er stieß und trat. Der Sessel war fast in seine Einzelteile zerlegt. Rückenlehne, Sitz, Armlehnen, Beine – nichts hielt mehr zusammen. Die meisten Stücke waren zwar noch an Justus festgebunden, aber es waren doch lose Teile. Er konnte zum Fenster kriechen, sein Messer holen, eine Klinge öffnen. Der rechte Arm ließ sich so weit bewegen, dass er die Stricke um den anderen Arm und die Armlehne durchtrennen konnte. Eine Minute noch, dann stand er auf den Beinen und schüttelte die Stricke und Holzstücke von sich ab.

Triumphierend streckte er seine schmerzenden Glieder.

»Alles in Ordnung, Nummer Zwei!«, rief er. »Ich komme jetzt.«

Von der Küche führte eine Treppe in den Keller. Er entriegelte die hölzerne Tür. Peter und Gus blinzelten ihm geblendet entgegen.

»Mensch, Just!«, sagte Peter inbrünstig, als er heraufstieg. »Was bin ich froh, dich wiederzusehen! Wie bist du bloß freigekommen?«

»Das war lediglich ein Sieg des Geistes über die Materie«, sagte Justus mit einer Spur Überheblichkeit. »Aber jetzt nichts wie weg! Ich glaube zwar nicht, dass Joe und sein Freund so schnell zurückkommen, aber wer weiß ... Auf alle Fälle müssen wir zum Schrottplatz zurück. Bob hat die Büste von Octavian aufgetrieben –«

»Was? Phantastisch!«, rief Peter.

»Eine erfreuliche Nachricht!«, kommentierte Gus.

»– aber die Schwarzbärte haben sie ihm wieder abgenommen«, beendete Justus seinen Satz. »Auf der Heimfahrt erzähle ich euch alles.«

Sie liefen schnell aus dem Haus zu ihren Rädern. Gleich darauf strampelten sie in Richtung Rocky Beach. Auf der Fahrt berichtete Just, was sich während ihrer Gefangenschaft im Keller ereignet hatte. Er schloss mit der bitteren Neuigkeit, dass Bob offenbar Octavian gefunden, ihn jedoch wieder an die Schwarzbärte verloren hatte.

»Zum Verrücktwerden – da haben wir ihn, und weg ist er wieder«, jammerte Peter. »Dieser Gipskopf ist doch wie verhext!«

»Hoffentlich sind das nicht die bösen Folgen des Fluches,

der auf dem Feurigen Auge ruht!«, stellte Gus nüchtern fest.
»Wenn ja, müssten die Schwarzbärte sie zu spüren bekommen, nicht wir«, meinte Justus. »Ich mache mir Gedanken über Hugo. Er schien recht fidel zu sein – wenn aber Dreipunkt ihm mit seinem Stockdegen zu nahe getreten ist, wäre das ja kaum möglich. Dass er fidel ist, meine ich.«
»Das ist mir auch ein Rätsel«, stimmte Peter zu. »Aber was mir Sorge macht, ist die Frage, wie wir je wieder an Octavian herankommen sollen. Gus, ich fürchte, deine Erbschaft ist flöten gegangen.«
Trübsinnig radelten sie durch den zunehmenden Verkehr. Es dauerte recht lange, bis sie beim Schrottplatz ankamen. Als sie durch das große Tor fuhren, ging gerade die Sonne unter. Sie spürten, dass sie das Mittagessen ausgelassen hatten – sie hatten einen Bärenhunger.
Nur Bob, Patrick und Kenneth waren zu sehen. Die zwei starken Brüder schichteten in einer Ecke Bauholz auf. Neben dem Büro stand der kleine Lastwagen, er musste für die Nacht noch auf den Abstellplatz gefahren werden. Bob war recht lustlos damit beschäftigt, eiserne Gartenmöbel, die er vorher vom Rost befreit hatte, neu anzustreichen.
»Bob sieht ganz entmutigt aus«, stellte Peter fest, als sie zu ihm gingen. »Es hat ihn ziemlich mitgenommen, dass Octavian wieder weg ist.«
»Das geht uns allen so«, meinte Justus. »Versuchen wir, die Dinge ein bisschen von der heiteren Seite zu nehmen. Lasst mich mit Bob reden.«
Als die Freunde herankamen, sah Bob auf. Er versuchte zu

lächeln. »Hallo«, sagte er. »Ich hab mich schon gefragt, wo ihr bleibt.«
»Wir waren im Haus von Mr August«, erklärte Justus, während sie ihre Fahrräder in den Ständer schoben. »Aber das Feurige Auge haben wir nicht gefunden. Gab's bei dir was Neues?«
»Na ja –«, begann Bob zögernd. Es fiel ihm schwer, berichten zu müssen, was geschehen war.
»Sag es nicht«, wehrte Justus ab. »Lass mich kombinieren. Sieh mir in die Augen, Bob. So – ja. Nicht zwinkern. Ich will in deinen Augen lesen, was du mir verheimlichen möchtest.«
Peter und Gus sahen belustigt zu, wie Justus Bob ernst in die Pupillen starrte und dann eine Hand an die Stirn legte, als denke er scharf nach.
»Jetzt hab ich's«, sagte er. »Ich sehe es vor mir. Da war ein Anruf – ja, einer unserer Freunde von der Telefonlawine. Octavian war entdeckt worden. Du wolltest ihn abholen – mit Patrick im kleinen Lastwagen. Ihr seid nach – warte mal – ja, nach Hollywood gefahren. Stimmt's bis hierher?«
»Genau so war's!« Bob riss die Augen auf. Er hatte bei Justus schon früher erstaunliches Kombinationsvermögen beobachtet, aber das übertraf alles, was Just bisher geleistet hatte. »Und dann –«
»Nein, unterbrich mich nicht«, sagte Just. »Ich sehe da noch mehr. Du bist in ein Haus gegangen. Patrick war dabei. Er trug eine Büste – ich nehme an, zum Umtausch, falls nötig. Dann kam Patrick mit zwei Büsten wieder heraus. Du hattest also die Octavian-Büste gefunden. Patrick trug Octavian zum Lastwagen, legte ihn in einen Karton und verpackte

ihn gut. Dann ging er zum Haus zurück, um dich zu holen. Zusammen seid ihr herausgekommen, eingestiegen und weggefahren. Als ihr hier wart, habt ihr gemerkt, dass der Karton mit Octavian auf rätselhafte Weise verschwunden war – einfach weg, spurlos. Habe ich recht?«

»Ja, ganz genau so war's!« Bob starrte Just mit offenem Mund an. »Der Karton war einfach nicht mehr da. Er konnte nicht herunterfallen – die hintere Ladeklappe war zu. Ich weiß nicht –«

In diesem Augenblick kam Patrick mit einer Büste unter dem Arm an. »Da, Bob, die Figur aus dem Wagen«, sagte er. »Wo soll ich sie hintun? Ich muss den Wagen wegfahren.«

»Stell sie da auf die Bank«, antwortete Bob und erklärte Just: »Es ist Francis Bacon. Ich hatte ihn mitgenommen für den Fall, dass die Dame ihn gegen Octavian eintauschen wollte. Aber sie wollte lieber ihr Geld zurück.«

Patrick setzte die Büste auf die Bank und ging. Die Figur stand mit abgewandtem Gesicht da, und Peter drehte sie um. Er wusste, dass Mrs Jonas auf Ordnung hielt.

»Sag mal, Just«, wollte Bob wissen, »wie hast du das bloß herausgekriegt? Dass wir Octavian zurückbekommen hatten und –«

Peter unterbrach ihn. »Kommt mal her!«, rief er. »Kommt her und sagt mir, ob ich recht sehe.«

Er zeigte auf den Sockel der Büste – sie schauten alle hin und lasen die Inschrift: *Octavian.*

»Octavian!«, rief Gus. »Die Schwarzbärte haben ihn also doch nicht erwischt!«

»Patrick hat die falsche Figur eingepackt!«, platzte Bob heraus. »So muss es gewesen sein! Er hatte eine Büste unter jedem Arm, und als er zum Wagen kam, setzte er eine ab und verpackte die andere – aber die falsche. Ich hab mir die hier gar nicht mehr angesehen, weil ich so deprimiert war – und dabei hatte ich Octavian gar nicht verloren! Er war die ganze Zeit hier!«

Instinktiv schauten sie sich alle um, als ob Dreipunkt oder die Schwarzbärte gerade jetzt zum Tor hereinkommen könnten. Aber alles war ruhig.

Selbst Justus war durch die neue Situation etwas verblüfft. Aber er fasste sich schnell. »Los, kommt!«, sagte er. »Wir nehmen Octavian mit in die Werkstatt und hacken ihn auf. Dann verstecken wir das Feurige Auge an einem sicheren Platz. Wir gehen kein Risiko mehr ein!«

Peter, der Stärkste der vier, trug die Büste zur Werkstatt und stellte sie auf die Erde. Justus holte Hammer und Meißel.

Er tastete über den Schädel der Figur. »Schaut mal! Da hat jemand ein Loch gebohrt, etwas hineingesteckt und das Loch mit Gips gefüllt. Man muss nur genau hinsehen. Ich bin überzeugt, wir haben endlich das Feurige Auge!«

»Red nicht so viel – tu endlich was!«, rief Peter. »Schlag ihn zusammen!«

Justus setzte den Meißel am Scheitel der Büste an und schlug mit dem Hammer zu.

Beim zweiten Schlag zersprang die Büste in zwei Hälften, und eine kleine runde Holzdose, die im Innern eingebettet gewesen war, fiel zu Boden. Peter stürzte sich darauf und reichte sie Justus.

»Mach sie auf, Just!«, drängte er ungeduldig. »Zeig uns den

Rubin, der fünfzig Jahre lang da drin versteckt war ... Du, worauf wartest du noch? Hast du Angst vor dem Fluch?«

»Nein«, sagte der Erste Detektiv bedächtig. »Die Dose scheint mir nur nicht schwer genug. Aber –«

Er schraubte den Deckel ab, und alle schauten genau hin. In der Dose lag kein glühend roter Edelstein – da war nur ein zusammengerollter Zettel. Langsam nahm ihn Justus heraus und strich ihn glatt. Sieben Worte standen darauf:

»Du musst tiefgründiger forschen.
Nütze die Zeit.«

Des Rätsels Lösung

Bob konnte an diesem Abend lange keinen Schlaf finden. Zu aufregend, zu verwirrend war der Tag verlaufen. Und zum bösen Schluss hatten sie in Octavian nichts als ein Stück Papier gefunden – das war einfach zu viel.

Justus hatte mit unverhohlener Enttäuschung auf den Zettel gestarrt. Er war sicher gewesen, das Feurige Auge endlich vor sich zu haben, und er hasste es, im Unrecht zu sein. Dann las er laut vor: »›Du musst tiefgründiger forschen. Nütze die Zeit.‹«

»Aber das steht ja auch in dem Brief!«, platzte Peter heraus.

»Wahrscheinlich haben wir noch nicht tiefgründig genug das Geheimnis durchforscht«, vermutete Justus. »Mr August hat die Büsten nur zur Tarnung benutzt – um jemand zu täuschen, der von seinem Brief erfahren und daraufhin den Stein suchen könnte. Von dir, Gus, erwartete er mehr. Dir sollte die Lösung einfallen.«

»Ich wüsste nicht, wie«, antwortete Gus stirnrunzelnd. »Ich begreife überhaupt nichts mehr. Wahrscheinlich dachte sich Onkel Horatio, dass mein Vater bei mir sei und wir zusammen hinter den verborgenen Sinn des Briefes kämen. Aber Vater konnte mich nicht begleiten. Für eine Reise zu zweit hatten wir nicht genug Geld, und er konnte auch sein Geschäft nicht allein lassen.«

»Lesen wir den Brief noch mal«, schlug Justus vor, und Gus

holte das Schreiben aus der Tasche. Justus entfaltete das Blatt, und alle lasen nochmals die Botschaft:

An August August, meinen Großneffen:
August bist Du genannt, August macht Dich bekannt,
und August ist der Hüter Deines Glücks.
Wie ein Berg türmt es sich vor Dir auf:
Lass Dich von Hindernissen nicht schrecken.
Wie ein Schatten liegt es über der Stunde
Deiner Geburt: ein Beginn und zugleich ein Ende.
Du musst tiefgründig forschen;
meine Worte sollen allein Dir Wegweiser sein.
Ich wage es nicht unverhüllt auszusprechen,
damit andere nicht entdecken,
was Dir zugedacht ist.
Es ist mein Eigen; ich erwarb es und besitze es,
doch seine böse Macht forderte ich nie heraus.
Nun sind fünfzig Jahre vergangen –
dieses halbe Jahrhundert sollte Läuterung
bewirkt haben. Es darf jedoch nicht geraubt
oder gestohlen werden. Es muss gekauft,
als Geschenk empfangen oder gefunden werden.
Geh deshalb mit Bedacht zu Werke –
aber nütze die Zeit.
Dies und meine ganze Zuneigung
sei mein Vermächtnis an Dich.
Horatio August

»Ich kann immer noch nichts damit anfangen«, meinte Peter.

Gus stimmte ihm zu: »Ich gebe zu, dass ich auch nicht mehr davon begreife als zuvor. August sei der Hüter meines Glücks, heißt es. Aber wenn damit nicht eine Augustus-Büste gemeint ist – was dann? Natürlich haben wir jetzt August, und morgen ist mein Geburtstag. Nachmittags um halb drei am sechsten August bin ich zur Welt gekommen, das hat mir Vater erzählt. Aber wie kann dann August der Hüter meines Glücks sein?«

Justus knetete seine Unterlippe. Ausnahmsweise fand sein Kombinationsvermögen keinen Ansatzpunkt. Er seufzte. »Mir scheint, wir sollten mal drüber schlafen«, meinte er. »Aber ich will mir doch die Stücke noch mal ansehen.«

Peter schob ihm die beiden Bruchstücke der Octavian-Büste hin, und Justus untersuchte eingehend das Loch im Innern des Kopfes, wo die kleine Holzdose gesteckt hatte.

»Ja«, sagte er. »Mr August hat offensichtlich ein Loch in die Büste gebohrt und es später mit frischem Gips aufgefüllt. Nach meiner Theorie hat er das Loch gebohrt, um das Feurige Auge aus der Büste herauszuholen und es an einen sichereren Ort zu schaffen. Er hatte wohl das Gefühl, die Büste sei als Versteck nicht sicher genug.«

Die anderen schwiegen. Sie hatten nichts hinzuzufügen.

»Tja«, sagte der Erste Detektiv schließlich, »ich glaube, vorerst können wir nur noch eines tun: zu Abend essen. Ich merke gerade, dass ich vor Hunger fast umkomme. Morgen fällt uns vielleicht etwas Besseres ein.«

Gute Einfälle – nun, darum sind Justus und seine Freunde keineswegs verlegen. – Aber diesmal sind (laut Horatio August) tiefgründige Forschungen notwendig – kein Wunder, denn statt um einen bestimmten Tatort geht es hier um einen ungewissen Fundort, und nur rätselhafte Worte dienen als Wegweiser in dieser mehr als spärlich gekennzeichneten Landschaft …

Bob verabschiedete sich und fuhr nach Hause. Dort setzte er sich an den Esstisch, um einige Stichworte über die Ereignisse des Tages zu notieren, ehe er sie wieder vergaß. Er beschrieb gerade den Ausflug seiner drei Freunde zu Mr Augusts altem Haus, als ihm auffiel, dass der Name ›Mittags-Canyon‹ doch recht ungewöhnlich war. Natürlich konnte etwas so oder so heißen, aber merkwürdig blieb es doch …

»Paps, hast du jemals von einem Ort namens Mittags-Canyon gehört? Im Norden von Hollywood? Es hört sich so sonderbar an.«

Sein Vater ließ das Buch sinken, in dem er gelesen hatte. »Mittags-Canyon?«, wiederholte er. »Hm, mir kommt es bekannt vor, aber ich bin nicht sicher. Ich werde mal nachschlagen.«

Er ging zum Bücherregal und griff sich einen dicken Atlas mit Karten der weiteren Umgebung.

»Mittags-Canyon – Mittags-Canyon«, wiederholte er beim Blättern. »Wollen mal sehen – ah, hier ist es: ›Ein abgelegener, schwer erreichbarer kleiner Canyon nördlich von Hollywood. Wahrscheinlich so genannt, weil der spitze Schatten eines Berggipfels um die Mittagsstunde im Tal sichtbar wird und dann wie der Zeiger einer Sonnenuhr bis zum Abend über die Ebene wandert.‹ Daher hat also dieser Canyon seinen Namen. Eine Mittags-Sonnenuhr als Laune der Natur.«

»Interessant. Vielen Dank, Paps.«

Bob machte noch einige Notizen, dann überlegte er, ob er Justus nicht erzählen sollte, was er gerade erfahren hatte. Es schien zwar nicht von sonderlicher Bedeutung zu sein, aber man wusste nie, was für Justus von Bedeutung war. Also beschloss er anzurufen. Als Justus an den Apparat kam, erzählte Bob, was er wusste. Einen Augenblick lang blieb es am anderen Ende still. Dann hörte Bob, wie Justus schluckte.

»Bob«, sagte der Erste Detektiv mit unterdrückter Erregung, »das ist es! Das ist der Schlüssel zum Ganzen!«

»Was für ein Schlüssel?«, fragte Bob. Worauf wollte Just nur hinaus? »Das hat mir als Hinweis noch gefehlt. Hör mal, musst du nicht morgen früh in der Bücherei arbeiten? – Gut, dann komm nach dem Mittagessen her. Sagen wir, um ein Uhr. Bis dahin habe ich alles bereit.«

»Bereit – wozu?«, fragte Bob, aber Justus hatte schon aufgelegt. Bob machte sich stirnrunzelnd wieder an seine Notizen. Wenn das, was er berichtet hatte, Justus einen Hinweis gab – ihm sagte es jedenfalls nichts.

Immer noch verwirrt ging er ins Bett, und am nächsten Morgen war er in der Bücherei gar nicht bei der Sache – er überlegte unentwegt, was Just gemeint haben könnte. Er war nicht dahintergekommen, als er nach dem Essen auf dem Schrottplatz anlangte. Just, Gus und Peter erwarteten ihn schon. Der kleine Lastwagen war startbereit, Patrick und

Kenneth saßen vorn im Führerhaus. Auf der Pritsche lagen zwei Spaten und ein paar zusammengerollte Planen als Sitze für die Jungen. Justus hatte seine Kamera bei sich.

»Wo fahren wir denn hin?«, fragte Bob, als der alte Lastwagen zum Tor hinausrumpelte.

»Das möchte ich auch wissen«, sagte Peter. »Du tust schrecklich geheimnisvoll, Just. Ich meine, du solltest uns in deine Pläne einweihen. Wir sind schließlich deine Partner.«

»Wir werden Mr Horatio Augusts Botschaft überprüfen«, kündigte Justus mit reichlich selbstzufriedener Miene an. »Patrick und Kenneth gehen sicherheitshalber mit. Kaum einer wird wagen, uns anzugreifen, wenn wir diese Leibwache bei uns haben.«

»Ja, ja, schon gut«, stöhnte Peter. »Lass doch das Dozieren. Red schon – was hast du vor?«

»Also: Bob hat mich auf den springenden Punkt gebracht, als er mir erzählte, dass der Mittags-Canyon, in dem Gus' Großonkel lebte, von der Natur wie eine Sonnenuhr geschaffen wurde«, erklärte Justus. »Ich hätte selbst draufkommen müssen. Immerhin habe ich dort gefesselt in der Küche gesessen und beobachtet, wie sich der Schatten der Bergspitze über den Rasen bewegte – genau wie der Schatten auf einer Sonnenuhr. Verstehst du, Gus – dein Großonkel meinte einfach, du müsstest es kapieren. Du wusstest ja, dass er sich für die verschiedenen Prinzipien des Zeitmessens interessierte und Uhren sammelte. Er stellte sich vor, dass einer von euch beiden, du oder dein Vater, diese Tatsache mit der Eigenart des Canyons und mit dem Wortlaut seines Briefes in Verbindung bringen würde – dass ihr darauf kommen würdet, was er damit ausdrücken wollte. Und jemand, der von seinem Hobby nichts wusste, würde eben nichts begreifen.«

»Ich begreife auch noch nichts«, erklärte Gus.

»Halt – wartet mal!«, rief Bob aufgeregt. »Der Schatten des Berggipfels zeigt auf dem Rasen die Stelle an, wo der Rubin vergraben ist, und Gus muss hier ›tiefgründig forschen‹. Ist das die Lösung?«

»Eindeutig, Bob«, bestätigte Justus.

»Aber der Schatten wandert doch über den Rasen hin«, rief Peter dazwischen. »Wie sollen wir da die richtige Stelle finden?«

»Das erfahren wir aus dem Brief«, erwiderte Justus. »Gehen wir ihn noch einmal durch. Gibst du ihn mir bitte, Gus? Danke.«

Er faltete den Briefbogen auseinander und las vor, während sie im Lastwagen über die Straßen holperten. »›August bist Du genannt, August macht Dich bekannt, und August ist der Hüter Deines Glücks‹ – das soll Gus auf den Begriff ›August‹ hinweisen und gleichzeitig einen Dritten verwirren. Und weiter: ›Wie ein Berg türmt es sich vor Dir auf: Lass Dich von Hindernissen nicht schrecken. Wie ein Schatten liegt es über der Stunde Deiner Geburt: ein Beginn und zugleich ein Ende.‹ Das sind vieldeutige Worte. Mr August dachte, Gus verstünde, dass er mit dem ›Berg‹ den spitzen Gipfel über dem Canyon meinte und dass der ›Schatten über der Stunde deiner Geburt‹ den Schatten dieses Berggipfels zur Stunde seiner Geburt bedeutete – also am sechsten August, halb drei Uhr nachmittags. Stimmt's, Gus?«

»Ja, genau! Jetzt verstehe ich es auch, Justus. August – Berg –

Schatten – Stunde meiner Geburt: Man wird beinahe mit der Nase draufgestoßen, wenn man erst weiß, dass von einer großen natürlichen Sonnenuhr die Rede ist.«
»Der Rest ist ziemlich einfach«, stellte Justus fest. »›Du musst tiefgründiger forschen‹ ist jetzt auch klar. Das ganze Drumherum soll einfach Unbefugte ablenken. Nur die Worte ›nütze die Zeit‹ sind in doppelter Hinsicht bedeutungsvoll. Einmal mahnen sie zur Eile bei der Suche nach dem Stein, und dann spielen sie auch auf die Sonnenuhr an: Den richtigen Zeitpunkt muss man sich zunutze machen.«
»Heute Nachmittag halb drei Uhr ... Da bleibt uns kaum noch eine Stunde Zeit!«, rief Peter.
»Wir schaffen es schon. Es ist nicht mehr weit.«
Peter schaute sich aufmerksam um. Doch sie waren allein auf der Straße, keine anderen Fahrzeuge waren in Sicht. »Ich glaube nicht, dass uns jemand folgt«, stellte er fest.
»Jetzt sind wir bestimmt auf der richtigen Fährte«, meinte Justus. »Und mit Patrick und Kenneth als Beschützern werden wir keine Schwierigkeiten mehr haben.«
Der Wagen rumpelte weiter und bog dann in die enge Zufahrt zum Mittags-Canyon ein. Die steilen Felswände rückten hier dicht an die Straße heran, aber plötzlich weitete sich der Weg zu dem flachen Grund, auf dem das Haus stand. Patrick hielt an und rief Justus über die Schulter zu: »Was machen wir jetzt, Just? Da ist schon jemand!«
Die Jungen standen auf und sahen bestürzt nach vorn: Hier hatten sich ein paar große Lastwagen, eine Planierraupe und ein riesiger Schaufelbagger breitgemacht. Der Bagger schlug sein gewaltiges Stahlgebiss immer wieder in Horatio Augusts

Haus. Der größte Teil des Dachs und eine Außenmauer waren schon weggerissen – die Schaufel biss einfach große Stücke ab und spuckte die Trümmer auf einen wartenden Lastwagen. Mit der Raupe wurde inzwischen das Erdreich hinter dem Haus eingeebnet. Mühelos riss die Maschine Sträucher und die Reste der Gartenbeete mit.

»Oje!«, rief Peter. »Mr Dwiggins sagte doch, das Haus werde bald abgerissen, damit hier neu gebaut werden kann.«

»Und das ganze Grundstück wird planiert!«, stöhnte Bob. »Womöglich haben sie das Feurige Auge schon ausgebuddelt!«

»Das glaube ich nicht«, meinte Gus stirnrunzelnd. »Seht doch – der Schatten des Bergs ist jetzt da drüben auf dem Rasen, und so weit sind sie noch nicht gekommen.«

Ein Wagen voller Trümmer bremste vor ihnen. »Aus dem Weg!«, brüllte der Fahrer. »Ich muss hier durch! Wir müssen unsere Termine einhalten!«

Patrick lenkte seinen kleinen Laster aufs Bankett, und der andere fuhr dröhnend vorüber. Schon wurde ein zweiter Lastwagen mit dem Schutt des zusehends dahinschwindenden Hauses beladen. »Fahr dort hinüber auf den freien Platz«, rief Just Patrick zu. »Und halte dort. Wenn jemand was von uns will – ich rede.«

»In Ordnung, Just«, sagte Patrick. Er fuhr etwa zweihundert Meter weiter und hielt dann so, dass er niemanden behinderte. Die Jungen kletterten herunter und sahen sich die traurigen Reste des Hauses an. Ein kleiner gedrungener Mann im Straßenanzug, aber mit stählernem Schutzhelm, kam über den Rasen auf sie zu.

»Was treibt ihr da, ihr Burschen?«, fragte er barsch. »Wir brauchen keine Zuschauer.«
Bob und Peter fiel dazu nichts ein, aber Justus hatte eine Erwiderung bereit. »Mein Onkel hat die alten Möbel gekauft, die hier im Haus waren«, sagte er. »Er meinte, er hätte vielleicht etwas vergessen, und da sollten wir mal nachschauen.«
»In dem Haus ist nichts mehr!«, erklärte der kleine Mann mit Nachdruck. »Alles ausgeräumt! Also verschwindet!«
»Können wir nicht ein paar Minuten zuschauen?«, fragte Justus. »Unser Freund hier« – er zeigte auf Gus – »kommt aus England, und er hat noch nie gesehen, wie in Amerika Häuser abgerissen werden. Er interessiert sich sehr dafür.«
»Verschwindet, sage ich«, knurrte der Mann. »Hier ist keine Zirkusvorstellung. Wenn euch was passiert, zahlt unsere Versicherung nichts!«
»Nur ganz kurz –« Justus sah rasch auf seine Uhr. Es war Viertel nach zwei. »Nur eine Viertelstunde, bitte. Wir bleiben hier stehen, da sind wir doch nicht im Weg.«
Aber der Mann – anscheinend der Vorarbeiter – war nicht zu Zugeständnissen aufgelegt. »Schluss jetzt!«, sagte er. »Schert euch weg!«
Die Jungen starrten gebannt auf den Schatten, den der Berggipfel auf das Gras warf. In fünfzehn Minuten würde die Spitze seines Schattens auf die Stelle weisen, unter der das Feurige Auge verborgen war …
»Ja, wir gehen schon«, sagte Justus. »Aber bestimmt haben Sie nichts dagegen, wenn ich das Haus einmal fotografiere. Es dauert nur ein paar Sekunden.«

Ohne eine Antwort abzuwarten, ging Justus auf den Punkt zu, den der Schatten jetzt bezeichnete. Im Gehen machte er die Kamera schussbereit. Der Vorarbeiter wollte noch einmal losbrüllen, überlegte es sich dann aber anders. Justus blieb zwei Schritte vor dem Ende des Schattens stehen, richtete den Sucher der Kamera auf das Haus und knipste. Dann legte er den Apparat auf den Boden und band seine Schnürsenkel. Danach schlenderte er zurück.

»Vielen Dank, Sir«, sagte er. »Jetzt gehen wir.«

»Kommt bloß nicht noch mal her!«, drohte der Mann. »Morgen wird das alles planiert. Und in drei Monaten stehen hier sechs neue Häuser um ein gemeinsames Schwimmbecken. Wenn ihr dann wiederkommt, könnt ihr euch so eine Villa kaufen!« Er lachte kurz auf.

Justus stieg in den Wagen, die anderen folgten ihm niedergeschlagen. Patrick ließ den Motor an und fuhr langsam weg.

Peter seufzte. »Das ist hart. Dass man uns ausgerechnet jetzt wegjagt, wo wir Gus endlich zu seiner Erbschaft verhelfen könnten! Und morgen planieren sie den Rasen. Wir sind aufgeschmissen.«

»Noch nicht.« Justus presste die Lippen fest aufeinander. »Heute Abend, wenn es dunkel ist, kommen wir wieder her und versuchen es noch mal.«

»Bei Dunkelheit?«, fragte Bob. »Wie sollen wir im Dunkeln die richtige Stelle finden? Der Gipfel wirft dann doch keinen Schatten.«

»Wir werden den Adler bitten, uns beim Suchen zu helfen«, erwiderte Justus. Und nach dieser rätselhaften Bemerkung sagte er kein Wort mehr.

Überfall aus dem Hinterhalt

Der Nachmittag schlich dahin wie eine müde Schnecke. Als Ausgleich dafür, dass sie Patrick und Kenneth so lange von der Arbeit abgehalten hatten, halfen Peter, Bob und Gus auf dem Schrottplatz. Sie strichen ein paar eiserne Gartenstühle an, die für den Verkauf wie neu aussehen sollten.

Justus verbrachte den Nachmittag in seiner Werkstatt und bastelte an einer neuen Erfindung herum. Was das war, wollte er nicht sagen. Aber sie konnten sich denken, dass es etwas mit der für den Abend geplanten Suche nach dem Feurigen Auge zu tun hatte.

Nach getaner Arbeit aßen sie alle im Jonas'schen Haus zu Abend. Später fuhr Patrick den kleinen Lastwagen aus dem Hof. Ein paar Straßen weiter parkte er an einer unauffälligen Stelle und richtete sich aufs Warten ein.

»So«, sagte Justus, »und jetzt müssen wir eine falsche Spur legen, falls uns jemand beobachtet. Ich habe den Rolls-Royce und Morton bestellt. Sie kommen, sobald es dunkel ist. Dann müssen wir so weit sein.«

»Das ist die letzte Fahrt mit dem Rolls-Royce, die wir noch guthaben, nicht wahr?«, fragte Peter. »Oje! Dann müssen wir künftig zu Fuß gehen!«

»Wir haben unsere Räder, und manchmal kriegen wir den Lastwagen«, erinnerte Bob.

»Damit kommen wir nicht weit«, murrte Peter. »Wenn wir

den Lastwagen einmal dringend brauchen, klappt es garantiert nicht. Mrs Jonas hat es allmählich satt, dass wir ihn dauernd benutzen. Als Detektive sind wir erledigt.«

»Wir müssen eben das Beste draus machen«, meinte Justus. »Obwohl das nicht einfach sein wird.«

Gus wollte wissen, wie Justus zu den Gratisfahrten mit dem Rolls-Royce gekommen war. Peter erzählte es ihm.

»Aber jetzt ist unsere Zeit um«, seufzte er dann. »Just war der Meinung, wir hätten noch viele Fahrten gut, aber Mr Gelbert von der Autovermietung war für vernünftige Argumente nicht zu haben. Also bekommen wir noch eine Fahrt, und dann ist Schluss.«

»Das ist sehr schade«, meinte Gus. »Jetzt habe ich eine Vorstellung davon, wie groß Südkalifornien ist – dass ihr dringend ein Auto braucht, um herumzukommen, ist mir klar.«

»Wir müssen uns etwas anderes einfallen lassen«, sagte Justus. »Jetzt aber ist es Zeit für unser Täuschungsmanöver. Jeder zieht noch eine Jacke von mir über, dann gehen wir alle zur Werkstatt. Hier, da sind sie.«

Er holte vier Jacken aus dem Schrank und teilte sie aus. Die Jungen zogen sie mit Mühe über die eigenen Kleider. Sie saßen nicht gerade hervorragend, besonders bei Peter nicht, aber es ging.

»Du meine Güte, was ist denn das nun wieder für ein Spiel?«, fragte Mrs Jonas, als sie die vier sah. »Ich muss schon sagen, die Jugend von heute verstehe ich überhaupt nicht mehr.«

»Wir spielen ein paar – hm, Freunden einen Streich, Tante Mathilda«, erklärte Justus, und Mr Jonas musste lachen.

»Nichts als Lausbubenstreiche, Mathilda, meine Liebe«, sagte er. »Als ich ein Junge war, hatte ich auch lauter Unfug im Kopf.«

Die drei folgten Justus über den Hof zur Werkstatt. Der geheimnisvolle Apparat, den Just konstruiert hatte, lag auf einem Tisch. Es war ein tellerförmiges Ding aus Metall mit einem langstieligen Handgriff, und es erinnerte entfernt an einen Staubsauger. Ein Paar Kopfhörer waren mit Draht an dem Metallteller befestigt.

Weiter befanden sich in der Werkstatt vier von den Schneiderpuppen, die Titus Jonas vor einigen Tagen gekauft hatte. Sie standen in einer Reihe wie kopflose Soldaten, die auf einen Befehl warten.

»Die Puppen da müssen wir bekleiden«, erklärte Justus. »Deshalb habe ich euch die Extra-Jacken zum Überziehen gegeben. Wenn uns gerade jetzt jemand nachspioniert, braucht er nicht zu sehen, wie wir Kleidungsstücke auf dem Arm tragen. Also zieht eure Jacke über eine Puppe und knöpft sie ganz zu!«

Sie befolgten Justs Anweisungen. Als sie fertig waren, trug jede Puppe eine Jacke mit schlaff herabbaumelnden Ärmeln.

»Sehr überzeugend wirken die ja nicht«, stellte Peter fest. »Ich meine, falls du wirklich jemand damit täuschen willst.«

»Mit Köpfen werden sie gleich besser aussehen«, sagte Justus. »Hier sind sie.«

Aus einer Tüte holte er vier blaue Luftballons. »Die blasen wir zur richtigen Größe auf und binden sie oben an den Puppen fest.«

Alle taten es Just nach. Aber auch mit Ballonköpfen machten die Puppen noch einen ziemlich dürftigen Eindruck.

»Als Schatten im Dunkeln werden sie besser wirken«, meinte Just. Und dann warteten sie. Allmählich wurde es Nacht. Die vier ballonhäuptigen Puppen sahen schon richtig seltsam und unheimlich aus.

Vom Schrottplatz her tönte eine Hupe.

»Das ist Morton«, sagte Justus. »Ich habe ihm gesagt, er soll so nahe wie möglich heranfahren. Los, jeder nimmt eine Puppe.«

Mit den grotesk aufgemachten Figuren im Arm schlüpften sie zwischen den Stapeln von Schrott und Trödelkram hindurch, bis der große dunkle Rolls-Royce ihnen den Weg versperrte. Morton hatte die Türen geöffnet und die Innenbeleuchtung abgeschaltet.

»Da bin ich, Herrschaften«, meldete er sich. »Zu eurer Verfügung.«

»Hier sind Ihre Insassen, Morton«, sagte Justus. »Sie sind unsere Doubles.«

»Ausgezeichnet«, erwiderte der Chauffeur. »Ich werde ihnen beim Einsteigen behilflich sein.«

Gemeinsam hievten sie alle vier Puppen in den Wagen und legten sie gegen die Lehnen. Bei geschlossenen Wagentüren und ohne Licht würde man nur vier Schatten sehen und vier Köpfe, die sich hin und her bewegten. Aus der Entfernung mochte man glauben, vier aufgeregte Jungen säßen im Wagen.

»Gut so, Morton«, stellte Justus fest. »Sie fahren jetzt ziemlich schnell die Uferstraße hinauf, dann biegen Sie ab ins Bergland und fahren dort etwa zwei Stunden lang umher. Dann kommen Sie zurück und setzen die Puppen ab. Danach werden wir uns wohl nicht wiedersehen. Heute hatten wir Ihren Wagen zum letzten Mal.«

»Aha, ich verstehe«, erwiderte der lange Engländer. »Es tut mir leid, das zu hören. Unsere Beziehungen waren für mich außerordentlich erfreulich. Nun gut, ich starte.«

»Fahren Sie ohne Licht hinaus. Schalten Sie die Scheinwerfer erst nach der nächsten Straßenkreuzung ein«, sagte Justus.

Die Jungen beobachteten, wie Morton im unbeleuchteten Wagen davonfuhr – es wirkte genau, als versuche er, nur ja nicht aufzufallen.

»Gut«, meinte Bob. »Wenn jemand zuschaut, denkt er sicher, dass wir das sind. Zumindest fürs Erste.«

»Ich hoffe, etwaige Beobachter werden dem Wagen folgen, um herauszubekommen, wohin wir fahren«, sagte Justus. »Jetzt sind wir an der Reihe. Wir gehen durchs Rote Tor und treffen uns beim Lastwagen mit Patrick. Peter, du trägst bitte meinen Detektor.«

Peter nahm Justs Werk, das Ding mit dem langen Stiel. Dann schlichen sie über den Hof zum Roten Tor, einigen schwenkbaren Brettern in der hinteren Umzäunung. Sie schlüpften hindurch und tappten auf der dunklen, schmalen Straße vorsichtig um ein paar Ecken, bis sie Patrick in dem wartenden Lastwagen fanden. Sie stiegen auf und fuhren los. Soweit sie feststellen konnten, war ihnen niemand auf den Fersen. Die Fahrt zum Mittags-Canyon verlief ohne Zwischenfälle. Als sie neben dem halb abgerissenen Haus hielten, war nichts zu hören. Ein paar Lastwagen waren auf dem Gras geparkt, die Raupe stand daneben und wartete auf den nächsten Arbeitstag. Zum Glück war kein Wächter da.

»Wenn wir ausgestiegen sind, Patrick«, erklärte Justus, »wendest du und stellst dich quer zur Straße. Pass gut auf. Wenn irgendjemand kommt, drückst du auf die Hupe.«
»Wird gemacht, Just«, sagte Patrick.
»So weit, so gut.« Justus dämpfte seine Stimme zu einem Flüstern. »Jetzt wollen wir sehen, ob mein Detektor den Adler nach dem richtigen Platz fragen kann.«
»Ich wüsste wirklich ganz gern, wovon du da redest«, sagte Peter, als sie mit den beiden Spaten und Justs Konstruktion vom Wagen stiegen.
»Das hier ist ein Metalldetektor«, erläuterte Justus. Er nahm das Instrument und marschierte über den Rasen voran. »Damit spürt man bis in ein Meter Tiefe jedes vergrabene Stück Metall auf.«
»Aber das Feurige Auge ist kein Metall!«, widersprach Bob.
»Nein, aber als ich mich heute Nachmittag bückte und meine Schnürsenkel band, nachdem ich das Haus fotografiert hatte, da steckte ich eine Silbermünze in den Boden, um die Stelle zu kennzeichnen. Es war ein halber Dollar mit dem Adler auf der Rückseite. Diesen Adler werde ich gleich befragen.«
»Aber Justus, es war doch noch gar nicht halb drei«, gab Gus zu bedenken, während sie im Dunkeln über den Rasen gingen. »Erst Viertel nach zwei.«
»Ich habe die vorauszusehende Bewegung des Schattens für die nächsten fünfzehn Minuten einkalkuliert«, erwiderte Justus. »Wir dürften jetzt gleich an der richtigen Stelle sein.«
Er blieb stehen und stellte die flache Bodenscheibe seines Instruments auf die Erde. Dann setzte er sich die Kopfhörer

auf, schaltete das Gerät ein und begann, es über das Gras zu schieben.
»Sobald das Ding auf etwas Metallisches stößt, summt es«, sagte er. »Es ist ziemlich finster, aber hier habe ich ungefähr gestanden – nach dem Blick aufs Haus zu urteilen.«
Er bewegte den Detektor hin und her über eine immer größere Fläche. Als er müde wurde, löste Peter ihn ab. Doch das Metallsuchgerät wollte nicht summen.
»Wir haben den Adler verloren«, sagte Peter enttäuscht. »Der Rasen ist einfach zu groß. Wir könnten die ganze Nacht weitersuchen.«
»Irgendwo in der Nähe muss er stecken«, erklärte Just. »Ich habe ihn hochkant in den Boden gesteckt, damit man ihn nicht sieht. Geh mal ein bisschen hier rüber, Nummer Zwei.«
Peter tat wie geheißen. Dann zuckte er zusammen: Das Gerät hatte ganz kurz gesummt!
»Zurück! Du bist genau darübergefahren«, flüsterte Just.
Peter zog das Instrument zentimeterweise zurück. Plötzlich summte es heftig los. Er legte es ins Gras.
»Hier ist die Stelle!«, rief er.
Justus kniete nieder und hakte seine Taschenlampe vom Gürtel. Er hielt das Licht dicht an den Erdboden und tastete herum, bis er seinen halben Dollar wiederhatte.
»So. Und jetzt müssen wir graben. Vielleicht habe ich die richtige Stelle nicht ganz genau getroffen, deshalb müssen wir ein großes Loch schaufeln.«
Peter nahm Bob einen Spaten ab und begann zu graben. Langsam wurde das Loch tiefer und weiter. Vom Schaufelge-

räusch abgesehen war es ganz still. Nicht einmal eine Grille zirpte.

Sie warteten darauf, dass der Spaten auf Metall oder Holz stoßen würde – auf irgendeinen Behälter –, aber nichts passierte. Schließlich wischte sich Peter mit seiner schmutzigen Hand die Stirn.

»Ich bin fix und fertig«, sagte er. »Just, ich glaube nicht, dass das die richtige Stelle ist.«

Just sagte nichts. Er dachte scharf nach. Er schaute zu dem kaum sichtbaren, dunklen Umriss des Hauses und dann zu dem Berggipfel hinüber, der sich schattenhaft gegen den sternenhellen Himmel abhob. Dann ging er einen Schritt auf das Haus zu.

»Grab mal hier am Rand weiter.«

»Na schön.« Peter stieß den Spaten in den Boden und hob etwas Erde ab. Dann etwas mehr. Da kratzte der Spaten an einem Stein. Oder war das gar kein Stein?

»Da war was!«, flüsterte Peter.

»Lass sehen!« Justus leuchtete mit der Taschenlampe hin. Aus dem Erdreich lugte die Ecke einer kleinen, anscheinend steinernen Kassette hervor. Justus kniete nieder und grub die umgebende Erde mit den Händen weg. Endlich bekam er das Kästchen zu fassen. Er zog und drehte und machte sich dabei über und über schmutzig. Dann hielt er es in der Hand.

»Wir haben etwas gefunden«, flüsterte er. »Ein Kästchen aus Speckstein. Bob, leuchte mal – ich will sehen, ob ich es aufkriege.«

Justus fummelte an dem goldenen Beschlag herum, der

das Kästchen verschloss. Er drückte hier und schob da. Es klickte, und das Schloss sprang auf. Justus zögerte kurz, dann hob er langsam den Deckel.
Ein leuchtend roter Stein glühte wie Feuer auf einem Wattebett. »Wir haben das Feurige Auge!«, rief Peter. »Geschafft, Just! Du hast's geschafft!«
»Großartig! Saubere Arbeit!« Gus war begeistert. Justus wollte etwas erwidern, hielt aber inne. Alle vier Jungen standen wie versteinert da.
Die Nacht schien in gleißendes Licht zu explodieren. Die Jungen standen im Brennpunkt von vier starken Scheinwerfern. Fast geblendet konnten sie nur dunkle Gestalten erkennen, die sich von allen Seiten anschlichen.
»So, ihr Bürschchen«, brummte eine wohlbekannte Stimme. »Nun habt ihr ja das Ding – also her damit!« Die Jungen blinzelten. Hinter den Strahlenbündeln konnten sie vier schnurrbärtige Kerle ausmachen, die im Näherkommen einen immer engeren Kreis um sie schlossen. Einer der Männer trug eine große, bedrohlich wirkende Pistole.
»Die Schwarzbart-Bande!«, flüsterte Bob. »Sie haben hier auf uns gewartet! Hinter den Lastwagen waren sie versteckt!«
»Wir haben von eurem Besuch am Nachmittag erfahren«, sagte der eine, der sich Joe nannte, »und wir haben gehört, dass ihr verjagt worden seid. Für uns war es sonnenklar, dass ihr noch mal hier auftauchen würdet.«
»Genug geredet – ich will den Stein haben, Junge«, brummte sein Komplize Hugo. »Los, gib ihn her und mach keinen Quatsch!«
Justus schien so eingeschüchtert, wie Bob ihn noch nie erlebt

hatte. Seine Hände zitterten. Das steinerne Kästchen und der Rubin rutschten ihm aus den Fingern und fielen in das Erdloch. »Ich – ich hebe ihn auf«, sagte Just mit unsicherer Stimme. Er beugte sich über die Grube, griff in die lockere Erde und hob den Stein auf. »Hier ist er. Wenn ihr ihn haben wollt – dann holt ihn euch!« Und er schleuderte den Stein hoch über Hugos Kopf hinweg in die Luft. Der Rubin beschrieb einen zierlichen, dunkelrot schimmernden Bogen und war dann in der Finsternis verschwunden.

»Gebt mir das Feurige Auge!«

Hugo stieß einen lästerlichen Fluch aus und fuhr herum. »Sucht ihn!«, schrie er. »Dreht die Scheinwerfer dort hinüber!« Die Lichtstrahlen schwenkten in die Richtung, in die Justus den Stein geworfen hatte. Dann gab auch Justus seine Befehle: »Los, zum Lastwagen! Schnell! Die werden nicht schießen.«

Er kletterte aus der Grube. Wie vier Hasen setzten die Jungen in großen Sprüngen über den dunklen Rasen zum Treffpunkt, wo Patrick wartete. Er hatte so getreulich die Zufahrt zum Canyon überwacht, dass er den Vorfall überhaupt nicht bemerkt hatte.

Im hohen Gras suchte die Schwarzbart-Bande noch immer das Feurige Auge, als die vier Jungen den Lastwagen erreicht hatten und schleunigst hinten aufstiegen. »Patrick! Schnell fort!«, rief Justus. »Nichts wie weg hier!«

Patrick fragte nicht lange. Der Motor heulte auf, und schon donnerten sie die enge Straße talwärts.

Eine Unterhaltung kam nicht auf. Sie waren vollauf damit beschäftigt, sich festzuhalten, wenn der Lastwagen schwankend und rüttelnd in die Kurven ging. Der Verkehr war schwach, und sie legten die Strecke zum Schrottplatz in Rekordzeit zurück. Nachdem Patrick durch das offen stehende Tor in den dunklen Hof gefahren war, stiegen sie niedergeschlagen ab. Die Spaten, den Metalldetektor und

natürlich das Feurige Auge – alles hatten sie zurücklassen müssen.
»So ist das«, seufzte Peter. »Da stehen wir nun.«
»Sie haben uns doch noch überlistet«, sagte Bob.
»Es scheint so«, bemerkte Justus.
»Es scheint so?«, wiederholte Gus. »Was heißt hier ›scheint so‹, Justus?«
»Ich hatte gehofft, sie würden den Rolls-Royce beobachten«, meinte Justus. »Nun, da waren sie schlauer. Sie haben stattdessen beim Haus gewartet. Aber mein Instinkt sagte mir, dass besondere Vorsichtsmaßnahmen nötig sein könnten. Und tatsächlich – Bob, leuchte mal hierher.« Bob richtete den Schein seiner Taschenlampe auf Justus. Just hatte den Arm ausgestreckt – auf der Handfläche funkelte ein leuchtender roter Stein.
»Bitte sehr – das echte Feurige Auge«, sagte Justus. »Was ich da weggeworfen habe, war die Imitation, die uns Dreipunkt dagelassen hatte. Wie ich schon sagte – ich hatte so eine Ahnung und steckte das Ding ein. Als ich mich bückte, um das Kästchen und den Stein aufzuheben, habe ich einfach einen kleinen Austausch vorgenommen.«
»Just, du bist ein Genie!«, sagte Bob.
»Das muss ich auch sagen«, stimmte Gus zu. »Die hast du wirklich reingelegt.«
»Na, und ob!«, rief Peter.
Und da ließ sich hinter ihnen eine Stimme vernehmen – gelassen, kalt und Furcht einflößend.
»Und *mir*«, sprach sie, »wird das Feurige Auge nun gehören, junger Mann. Bitte, gib es mir.«

Ehe sie noch richtig begriffen, woher die Worte kamen, ging die Laterne vor dem Büro an – der Hof war hell beleuchtet. Ein hochgewachsener, magerer Mann, der ungesehen neben dem Bürohäuschen gestanden hatte, trat vor und streckte die Hand aus.

Es war Dreipunkt. In der anderen Hand schwenkte er leicht seinen Stock mit der Degenklinge.

Die Jungen starrten ihn nur an. Zum Sprechen waren sie zu überrumpelt.

»Weglaufen hat keinen Sinn!«, sagte er und hob den Stock. Die Hand war immer noch ausgestreckt. »Schön«, meinte er dann. »Ich warte weiter. Ich habe den ganzen Abend lang gewartet. Euer Plan, diesen auffallenden Rolls-Royce mit Puppen als Insassen loszuschicken, war sehr amüsant – leider funktionierte er nicht. Ich war aber überzeugt, dass ihr diese Ganoven mit ihren falschen Bärten und ihrem Geschwätz von einer Augustus-Büste überlisten würdet. Ich habe früh genug erkannt, dass die Büsten eine falsche Fährte markieren sollten – und das habe ich ihnen auch gesagt. Ich kombinierte, dass ihr auf der richtigen Spur wart. Nun habt ihr den Stein. Gebt ihn her.«

Bob wusste, dass es jetzt aus war. Aus und vorbei. Jetzt mussten sie das Feurige Auge aufgeben.

Aber Justus zögerte noch. In seiner flachen Hand ruhte der rote Stein. Er schluckte, dann sprach er.

»Mr Rhandur«, sagte er, »sind Sie vom Tempel der Gerechtigkeit in Pleshiwar?«

»Das bin ich, junger Mann«, erwiderte Dreipunkt. »Meine Aufgabe ist die Verbindung zur Außenwelt. Seit fünfzig

Jahren sind wir, meine Vorgänger und ich, auf der Suche nach diesem Stein, damit unsere Gottheit der Gerechtigkeit künftig wieder über Gut und Böse urteilen kann. Der Stein war von einem abtrünnigen Tempelbediensteten, der seine enthüllende Macht zu fürchten hatte, unrechtmäßig verkauft worden. Jener Mann teilte das Los all derer, die den Stein stehlen. Gebt ihn nun mir, ehe auch ihr diese Folgen zu spüren bekommt.« Bedeutungsvoll hob er den Stockdegen.

Justus rührte sich immer noch nicht. »Der Stein ist jetzt geläutert«, sagte er. »Er kann gefunden, als Geschenk empfangen oder gekauft werden, aber er darf nicht geraubt oder gestohlen werden. So ist es überliefert. Ich habe ihn gefunden, also kann mir nichts geschehen. Und hier – schenke ich ihn Gus. Nimm ihn, Gus.« Er reichte den Rubin dem jungen Engländer, der ihn mit einiger Verblüffung entgegennahm. »Ich habe ihn dir geschenkt, also hast du nichts zu befürchten. Wenn Sie aber Gus den Stein nun wegnehmen, Mr Rhandur, dann werden Sie dafür büßen müssen.«

Der große Mann zögerte lange. Sein Blick war durchdringend wie der eines Adlers. Dann zog er langsam die ausgestreckte Hand zurück und steckte sie in die Manteltasche. »Ich glaubte die ganze Zeit, ich könnte euch so einschüchtern, dass ihr mir den Stein freiwillig geben würdet«, sagte er. »Ich habe mich geirrt. Und ihr habt recht – ich wage es nicht, ihn euch zu rauben. Allerdings –« Er zog die Hand wieder hervor, und zwischen seinen Fingern steckte jetzt ein längliches, grünes Stück Papier, das er Gus hinhielt. »Ich kann das Feurige Auge kaufen«, sagte er. »Wie ihr seht, ist dieser Scheck von der Bank bestätigt. Ich hatte mich darauf eingestellt, für das Feurige Auge zu zahlen, wenn ich es nicht ohne Risiko auf andere Art bekommen könnte. Ihr mögt an anderer Stelle mehr dafür einhandeln, aber es könnte ebenso gut sein, dass ihr niemals einen Käufer für den Stein finden würdet. Seine Vergangenheit wird ihn belasten und Sammler abschrecken. Ich rate euch, mein Angebot anzunehmen.«

Die drei ??? *Das Risiko, bei der Sammler-Fachwelt einen geringeren oder gar keinen Kaufpreis für das Feurige Auge zu erzielen, beruht übrigens noch auf einer weiteren Eigenart des Steins, die Mr Rhandur hier nicht erwähnt. Wer hat gut aufgepasst? (Lösung auf Seite 70).*

Langsam nahm Gus den Scheck. Er warf einen Blick darauf – und sperrte Mund und Augen auf.
»Mensch!«, sagte er – gar nicht auf die feine englische Art. »Sie können den Stein haben. Dieses Geschäft machen wir.« Er hielt dem großen Mann den Rubin hin. Der nahm ihn und ließ ihn in seine Tasche gleiten. Dann verbeugte er sich.
»Von diesen Gaunern mit ihren lächerlichen Schnurrbärten habt ihr nichts zu fürchten«, sagte er. »Sie waren nur auf Geld aus. Sie hatten von Mr Augusts verborgenem Schatz gehört und wollten ihn heben, um ihn dann an mich zu verkaufen. Es tut mir leid, dass ich so töricht war und glaubte, euch zwingen zu können, mir den Stein umsonst zu geben.« Er hielt einen Augenblick inne. »Wenn ihr wissen wollt, was mich hierherführte«, schloss er dann, »so war es der Zeitungsartikel über Mr Augusts Tod. Seit Jahren suchte ich

nach einem solchen Anhaltspunkt, und hier hatte ich ihn endlich gefunden. Lebt wohl.«

Leicht und lautlos wie eine große Katze ging er davon. Ein Motor sprang an, dann war alles wieder still.

Die vier Jungen sahen sich verwundert an.

»Ich glaube, ich muss mich mal kneifen, damit ich sicher bin, dass ich nicht träume«, sagte Bob schließlich.

»Dazu hätte ich gar nicht mehr die Kraft. Ich bin total fertig«, meinte Gus. »Dieser Scheck – das ist ja phantastisch. Was habe ich da von Onkel Horatio geerbt! Und du hast es für mich gefunden, Justus.«

Plötzlich lachten und schrien alle durcheinander und klopften Justus auf die Schultern. Aber Justus stand nur trübsinnig da und ließ sich von der allgemeinen Hochstimmung nicht mitreißen. »Was hast du bloß, Just?«, fragte Bob schließlich. »Du müsstest doch platzen vor Stolz. Was ist denn?«

»Was ist?«, antwortete Justus seufzend. »Sieh mich doch an – über und über voller Dreck. Die Hände, das Gesicht, die Kleider. Und du weißt ja, welche Einstellung zur Sauberkeit Tante Mathilda hat. Sobald ich mich bei ihr blicken lasse, schickt sie mich unter die Dusche. Und seit heute früh ist unser Boiler kaputt!«

Ein Wort zum Schluss

Viel gibt es nicht mehr über die drei ??? und das Feurige Auge zu berichten.

Von der Summe, die August August als Scheck für den Rubin erhalten hatte, gab er jedem der drei Detektive eine großzügige Belohnung. Das Geld kam aufs Sparbuch für ihr Studium. Außerdem nahm August eine gewisse finanzielle Regelung bei Mr Gelbert von der Autovermietung vor, um die künftige Motorisierung der drei Detektive sicherzustellen. Morton und der goldbeschlagene Rolls-Royce werden ihrem Unternehmen jeweils bei Bedarf zur Verfügung stehen, und so können die drei ihre Firma weiterführen.

Nach Abschluss des Falles gab es noch einige Punkte zu klären. Mr Dwiggins war zwar kein Komplize der Schwarzbärte, aber er hatte ihnen die Kopie von Mr Augusts geheimnisvoller Botschaft verschafft. Hugo, der Anführer der Bande, war sein Neffe. Er hatte unbemerkt mitgehört, wie Mr Rhandur Mr Dwiggins eine große Summe geboten hatte, falls er ihm das Versteck des Feurigen Auges verraten könnte. Hugo hatte seinen Onkel gezwungen, ihm Mr Augusts Brief zu geben. Und Mr Dwiggins erfand dann die Lügengeschichte mit dem Überfall, weil es ihm peinlich war, Hugos Machenschaften – wenngleich gegen seine Absicht – unterstützt zu haben. Hugo war im Nebenzimmer gewesen, als die Jungen Mr Dwiggins aus seiner ›Notlage‹ befreiten; er hörte so von den Gipsbüsten und folgerte daraus, dass sie irgendetwas zu bedeuten hatten. Daraufhin setzte er sich mit Mr Rhandur in Verbindung, der sich bereit erklärte, den Rubin zu kaufen, wenn Hugo ihn herbeischaffen könnte. Hugo tat sich mit ein paar zwielichtigen Gesellen zusammen, holte sich Mr Jackson als Helfershelfer wider Willen und machte sich auf die Suche nach dem Feurigen Auge.

Als Justus diese Tatsachen erfuhr, verstand er, was ihm bisher so verwirrend erschienen war: wie Mr Rhandur so schnell den falschen Rubin bekam, den Hugo aus den Scherben der Augustus-Büste genommen hatte. Hugo war geradewegs zu Mr Rhandur gegangen, der die Imitation erkannte. Mr Rhandurs Andeutung, dass er Hugo des Steines wegen umgebracht habe, sollte den Jungen lediglich Angst einjagen.

Gus ist mit seiner Erbschaft nach England zurückgereist. Hugo und seine sauberen Freunde sind untergetaucht. Soviel bekannt ist, wurde das Feurige Auge an den ihm zukommenden Platz im Tempel der Gerechtigkeit zurückgebracht, und im indischen Pleshiwar herrscht wieder Ruhe.

Und die drei Detektive? Nun, sie suchen eifrig nach ihrem nächsten spannenden Fall. Es sollte mich nicht wundern, wenn ich schon in Kürze wieder von ihnen hörte. Ihr könnt euch darauf verlassen, dass ich euch von jeglichen neuen Abenteuern der drei berichten werde.

Albert Hitfield

Schach und matt!

Was steckt dahinter, wenn ein scheinbar wertloses Schachspiel für eine riesige Summe versteigert und kurz darauf auch noch gestohlen wird? Wem hat dieses Spiel gehört? Welches Geheimnis birgt es? Die Zeit drängt, denn die drei ??? sind nicht die Einzigen, die das Rätsel lösen wollen. Und nicht jede Figur in diesem Spiel ist das, was sie zu sein scheint.

André Marx
Die drei ???
Die Spur des Spielers
160 Seiten
Taschenbuch
ISBN 978-3-551-31576-2

CARLSEN

www.carlsen.de

Über dem Abgrund

Kari Erlhoff
Die drei ???
Im Schatten des Giganten
144 Seiten
Taschenbuch
ISBN 978-3-551-31424-6

Ein Wochenende im Nationalpark! Justus, Peter und Bob haben hoch und heilig versprochen, sich von Kriminellen aller Art fernzuhalten. Doch der nächste Auftrag lässt nicht lange auf sich warten: Ihr Freund Randy hat Blut- und Schleifspuren im Wald entdeckt. Keiner will ihm glauben, dass hier Wildjäger am Werk sein könnten. Und was hat es mit der ungewöhnlich hohen Anzahl an Kletterunfällen im Park auf sich? Die drei Detektive ermitteln und schon bald ist klar, dass sie es mit äußerst skrupellosen Menschen zu tun haben.

CARLSEN

www.carlsen.de